KB062423

로크미디어가
유혹하는
재미있는 세상

ROK
MEDIA
로크미디어

이것이 법이다

이것이 법이다 150

2022년 12월 6일 초판 1쇄 인쇄
2022년 12월 9일 초판 1쇄 발행

지은이 자카예프
발행인 김정수 강준규

기획 이기헌 왕소현 박경무 강민구 조익현
책임편집 최전경
마케팅지원 이원선

발행처 (주)로크미디어
출판등록 2003년 3월 24일
주소 서울시 마포구 마포대로 45 일진빌딩 6층
Tel (02)3273-5135 Fax (02)3273-5134
홈페이지 rokmedia.com E-mail rokmedia@empas.com

ⓒ 자카예프, 2015

값 9,000원

ISBN 979-11-354-7364-7 (150권)
ISBN 979-11-255-9575-5 04810 (세트)

이것이 법이다

150

자카예프 장편소설

ROK
MEDIA

로크미디어

CONTENTS

프로그래머의 난

　'인생은 도박이다.'라고 한다. 하지만 그건 진짜 도박이라서 그런 게 아니라, 매 순간 선택해야 하고 돌이킬 수 없기 때문이다.

　그리고 지금 이 순간 최강도의 〈공성전기〉와 한방소프트는 아직은 잘나가고 있었다.

　"하지만 전 다르게 생각합니다. 인생은 도박이 아니라 총합이죠."

　무태식에게 말하면서 노형진은 미소를 지었다.

　그가 바라보고 있는 모니터는 한방소프트의 빨간색 주가.

　그럴 만하기는 하다.

　얼마 전 한방소프트는 새로운 게임을 론칭했으니까.

사실 새로운 게임이라고 하기도 참 애매하다. 과거에 있던 게임 IP에 과금 시스템만 〈공성전기〉처럼 만들어서 론칭했다.

한방소프트의 신게임 〈승리찬가〉.

'승리한 자가 모든 것을 갖는다.'라는 멋들어진 홍보 문구로 유명한 게임이지만, 승리를 한 유저보다는 회사가 더 많은 것을 가져가는 게임.

"거참, 이해가 안 가요. 한방소프트는 제작 시설이 얼마나 잘되어 있는데."

내부에 다른 회사들은 꿈도 못 꿀 장비들이 즐비한 한방소프트다. 그런데 이상하게도 한방소프트는 신규 게임이 전혀 없다.

정확하게는 신규 게임이랍시고 나오는 게 호환성을 개선한 과거의 게임에 모바일을 뜻하는 M을 붙여서 출시하는 것뿐이다.

〈공성전기 M〉, 〈공성전기 2M〉, 〈승리찬가 M〉, 〈그랜드홀 M〉 등등.

"마지막으로 IP가 새로 나온 게 거의 15년 전이죠?"

"네, 맞아요."

"그럴 겁니다. 기업들이 망하는 전형적인 과정을 밟았으니."

개발자를 홀대하고, 눈에 보이는 실적을 가지고 오는 경영 측만 밀어주는 거다. 그러니 기존 개발자들이 개발 의지를 잃어버릴 수밖에 없다.

물론 새로운 아이디어를 가지고 가는 것 자체는 아니지만.

"아마 힘들지 싶은데요."

노형진은 화면의 주가를 보면서 말했다.

"그러니까 그에 대한 대가를 치러야지요."

인생은 총합이다. 그 말은, 언젠가는 인생의 모든 대가를 치러야 한다는 거다. 그리고 이제 그때가 되었다.

⚖

"새로운 아이디어요? 하, 그게 가당키나 하겠습니까?"

비웃음을 날리는 남자는 한방소프트의 개발3팀 팀장인 한창화였다.

그는 피곤한 얼굴로 이를 박박 갈았다.

"쪼인트나 안 까이면 다행이지요."

노형진은 최대한 한방소프트의 주가를 떨어트릴 생각이었다. 그래야 수익이 증대되니까.

그러기 위해서는 내부에서도 터트릴 사람이 필요했다.

물론 내부 고발자라는 게 쉽게 생기지는 않는다. 하지만 돈이 걸리면 내부 고발을 하려고 할 수도 있다.

특히 야망이 있는 사람이라면 더더욱.

"쪼인트도 깝니까?"

쪼인트, 그러니까 정강이를 차는 행위는 사회에서는 어지간하면 하지 않는 행동이다.

"그것만 안 해도 다행이라니까요. 진짜 제가 게임 아이디어 하나 내밀었다가 한 10년쯤 먹을 욕을 세 시간 만에 다 들었다니까요."

"어떤 게임이기에요? 뭐, 돈이 안 되는 겁니까?"

"모르죠. 게임이라는 게 성공할지 안 할지 어떻게 미리 압니까?"

그건 그렇다. 〈공성전기〉는 나온 지 벌써 20년이나 된 게임이다. 그런 게임이 아직도 수익 1위를 찍을 거라고 누가 믿겠는가?

물론 특유의 도박 시스템 때문에 가능한 일이지만.

"그럼 뭐가 문제랍니까?"

"모바일 기반이 아니라는 거죠."

"모바일 기반?"

"솔직히 말해서 지금 우리 회사에 있는 장비가 뭐 한두 푼짜리입니까?"

모션 캡처 기기부터 동작 인식 카메라까지, 전 세계에서 가장 비싼 장비들이 수두룩하다. 한국의 수많은 게임사에서 가지고 싶어 하지만 가지지 못한 그런 물건들이다.

가격이 수백억에 달하는 그런 장비들.

"그래서 저는 그걸로 모바일 기반이 아닌 게임기 기반의 게임을 만들자고 했거든요."

"게임기? 아, 하긴 한국은 그쪽으로는 거의 불모지죠."

한때 게임 종주국이라 불리던 한국이지만 PC 게임은 거의 안 나오고 모두 돈이 되는 모바일 기반으로 넘어간 데다 현질성 게임만 나온 지 오래다.

PC 게임도 그 지경이니 게임기 기반의 게임들은 아예 버려지다시피 했다.

한국에서는 아예 안 나온다고 봐야 할 정도니까.

"솔직히 그런 장비 말입니다, 아깝잖아요."

그런 장비가 없는 제작사는 빌리기 위해 수십억씩 써야 한다.

"그래서 그걸 기반으로 게임을 만들자 한 거죠. 어차피 개발자가 없는 것도 아니니까. 도박용 게임 개발자가 뭐 많이 필요한 것도 아니고, 인원은 충분하거든요. 그리고 한국이나 중국에서나 모바일, 모바일 그러지 다른 나라는 게임기 기반이 대세고."

그런데 그에게 이사라는 작자가 쪼인트를 까면서 개념 없는 새끼라고 세 시간이나 욕을 퍼부었다는 것.

"너 따위가 결정한 문제가 아니라고, 가서 〈공성전기〉 서버 관리나 하라고 하더라고요. 하, 돌겠습니다."

한창화는 고개를 절레절레 흔들었다.

"그러면 그 장비는 어디에 쓰고 있습니까?"

"쓸 일이 없죠."

비슷한 장비를 가진 다른 회사는 그걸 놀리느니 어떻게라도 써먹기 위해 다른 회사에 임대하거나 버추얼 개인 방송인이 촬영하는 등 방법을 강구하지만, 한방소프트는 점검 차원에서 전원이라도 넣을라치면 전기세는 누가 거저 주느냐고 따귀부터 날리며 난리도 아니라는 것.

"사용하려면 이사급의 허락을 받아야 하는데 그걸 허락해 줄 새끼가 어디 있겠습니까?"

이를 박박 가는 한창화의 말에 무태식은 고개를 갸웃했다.

"이해가 안 가는데요. 왜 그렇게 경계하죠? 잠깐 작동시킨다고 해서 전기세가 수억씩 나오는 것도 아닐 텐데."

"음…… 제가 봤을 때는 아마 자리 보전이 목적이지 싶은데요."

"자리 보전요?"

"지금 한방소프트의 중추는 〈공성전기〉를 만든 사람들입니다. 아니다, 만들었다기보다는 그걸로 수익 모델을 만들어 낸 사람들이지요."

〈공성전기〉는 개발할 때 많은 사람이 달라붙은 게임이 아니다. 20년 전 게임이 프로그래머가 붙어 봤자 몇 명이나 붙었겠는가?

당연히 아무리 패치하고 새로운 버전을 내밀어도 결국 그 안에서 호환성만 적용하는 정도. 프로그래머들에게 실적이라는 게 나올 수가 없는 구조다.

결국 회사에서 생각하기에 회사를 성공시킨 사람들은 프로그래머가 아니라 게임을 팔아먹은 경영 쪽이라는 소리다.

그리고 그들은 자신들의 자리를 위협할 만한 경쟁자가 생기는 걸 원하지 않는다.

즉, 그들은 자신의 자리와 돈을 지키는 데 최선을 다할 수밖에 없는 것이다.

"그들은 과거의 유령이니까요."

지금 와서 새로운 게임을 론칭하고 거기서 수익을 내는 건 전혀 다른 문제다.

"새로운 게임을 론칭해서 성공하면 자기들이 모르는, 도박과 연관이 없는 새로운 수익 모델이 생겨나거든요. 그러면 자기들 자리가 위험해지니까요."

"이해가 안 가는데요."

한창화는 고개를 절레절레 흔들었다.

하긴, 대부분의 개발자들은 정치적 감각이 떨어진다. 말 그대로 게임 개발에 관심이 쏠려 있기 때문이다.

"간단하게 말씀드리면 무신과 문신 같은 거죠. 무신의난 아시죠?"

"알죠."

"무신도 문신도, 둘 모두 결국은 나라의 근간이죠."

사실 나라를 지키려면 무신이 있어야 한다. 그런데 문신들은 무신들을 공격하고 따귀를 때리면서 조롱했다.

전쟁이 없으니 무신 따위는 필요 없다는 논리에서였다.

결국 무신들이 들고일어나서 문신들은 모두 모가지가 날아가 버렸다.

"그거랑 마찬가지입니다. 그들은 프로그래머들이 성공해서 자기 자리를 위협하는 걸 원하지 않는 겁니다."

"헐, 그건 몰랐네."

"인간이라면 당연한 거죠."

자기 자리를 지키기 위해 조직을 말아먹는 놈들은 넘치고 넘친다.

"그러면 저한테 프로그래머의 난이라도 일으켜 달라 이 말씀이군요."

"맞습니다."

프로그래머들은 기본적으로 소프트웨어 회사의 핵심이다. 대체할 수 있는 인력이기는 하지만 동시에 대체할 수 없는 사상이기도 하다.

'대부분의 게임 회사들이 비슷한 과정을 거쳐서 몰락하지.'

게임 개발자들은 대부분 게임을 좋아하는 덕후들이다. 그렇기에 그들은 자신들이 원하는 게임, 즉 게이머들이 좋아하는 게임을 만든다.

바로 그때가 게임사의 성장기다.

그러다 수익을 추구하는 입김이 강해지면 재미있는 게임이라는 이상이 사라지고 돈이 되는 게임이라는 현실이 지배하기 시작하면서 게임사의 성향이 변질된다.

이는 설사 프로그래머들이 승진한다고 해도 마찬가지다.

그렇다 보니 소위 너드 감성이라는 게이머들 특유의 감성이 사라지면서 게임은 개판이 되고 회사는 온갖 정치질을 하는 집단이 되어 버린다.

'그리고 그 안에서 반발하고 나오는 신흥 세력이 다시 회사를 창립하고 새로운 작품을 만들어 내지.'

물론 여기까지는 미국에서 가능한 사이클이다. 한국은 워낙 협소하다 보니까 그게 한계가 있다.

일단 누군가가 나와서 새로운 게임사를 창립한다고 하면 기존 업체에서 짓밟으려고 혈안이 되는 경우가 많다.

그게 아니라고 해도, 한국의 투자자들은 돈이 되는 모바일에 투자하길 원한다. 당연히 돈을 뽑아내기 위해 뻔한 양산형 게임에 도박판을 만들어 내게 된다.

그 결과, 한국은 새로운 게임 회사가 새로운 시도를 할 수 있는 구조가 아니게 되었다.

'하지만 나라면 이야기가 달라지지.'

노형진은 싱글벙글 웃으며 말했다.

"프로그래머의 난이라……. 적당한 제목이네요."

"음, 글쎄요. 그건 좀…… 그렇지 않나요? 진짜 무신들처럼 이사들 모가지를 다 따 버릴 수도 없는 노릇이고."

"아, 진짜로 칼 들고 가서 다 썰어 버리라는 건 아닙니다만."

"그러면 그냥 반기를 들라는 말씀이신가요? 하지만 그것도 좀……."

시스템적으로 반기를 들면 해직당할 수밖에 없도록 치밀하게 구조를 짜 둔 그들이다. 당연하게도 반기를 든다고 해도 싸울 방법이 전무하다.

애초에 한방소프트에는 노조조차 없다.

"다른 방법으로 날려 버릴 수는 있지요."

"다른 방법?"

"네."

노형진은 은근히 목소리를 낮추며 말했다.

"솔직히 말씀해 주시죠. 확률, 조작하죠?"

"크흠, 그게…… 그건 공식적으로는……."

"공식적으로는 물론 아니겠지요. 하지만 제가 듣기로는 실시간으로 조작하는 징후가 여러 곳에서 나온다던데요?"

"……."

"저는 한창화 씨 편입니다. 제대로 된 게임 회사를 만들고 싶은 사람이고요."

노형진의 회유에, 갈등하던 한창화는 이내 한숨을 크게 푹 내쉬었다.

"하아, 솔직히 말하면? 네, 조작합니다. 뭐, 위에서 시키는 대로 해야 하니까 별수 없죠."

실제로 게임 프로그램 내에서 확률을 조작했다는 증거는

여기저기서 드러났다.

유명한 사건 중 하나가 가챠와 관련된 사건이다. 확률 5% 짜리 아이템을 사백스물한 번이나 뽑았는데 하나도 나오지 않았던 것이다.

물론 게임사에서 공개한 확률 5%는 기본적으로는 독립시행이기 때문에 기존의 결과는 이후의 아이템이 나올 확률에 영향을 주지 않는다.

즉, 새로운 뽑기를 할 때마다 매번 확률은 5%라는 거다.

하지만 확률 5%짜리 아이템이 사백스물한 번 뽑을 동안 단 하나도 나오지 않았다는 건 말이 될 수가 없다.

그건 무려 46억분의 1의 확률로 발생하는 일인데, 한국 로또 1등 당첨 확률이 814만분의 1이고 그 힘들다는 미국의 메가밀리언 확률이 3억분의 1이며 심지어 소행성 충돌로 지구가 완전히 소멸할 확률이 28억분의 1인 것을 감안하면 터무니없는 상황인 것이다.

"뭐, 백 번 정도야 이해하죠. 그런데 사백스물한 번이나 실패해요?"

"크흠……."

"그것만 있는 게 아니지 않습니까? 〈공성전기〉에서 영광의 단검 사건도 있지 않나요?"

〈공성전기〉에서는 아이템을 종종 완제품으로 판매할 때가 있다. 보통 서버 전체에서 개수가 한정된 아이템이고 그 성능이 엄청나다.

"그때 그 영광의 단검이 나오는 데 얼마나 걸렸죠?"

"크흠."

영광의 단검은 전 서버 열 개라는 조건으로 판매가 시작되었는데, 정가나 경매로 판매된 게 아니다.

20분 한정이라는 조건의 뽑기 형태로 판매되었다.

"20분 한정에, 무려 15분이나 아이템이 나오지 않았지요."

시간제한이라도 없으면 모를까, 시간제한이 있으니 돈 있는 사람들은 죄다 달라붙어서 미친 듯이 질러 댔다.

개개인이 수천만에서 수억 단위로 질렀는데 정작 아이템은 15분간 하나도 안 나오다가 15분에 한 번 나오더니 18분이 넘어서야 한꺼번에 우수수 쏟아졌다.

"그게 가능하다고 생각합니까?"

수천 명이 억 단위로 돈을 질러 대고 있는데 앞에서는 전혀 나오지 않다가 뒤에 가서 확 쏟아진다?

"제가 봤을 때는 고의적으로 그렇게 확률을 조작한 것 같은데, 아닌가요?"

"……"

만일 똑같은 확률을 부여해서 초반에 그 아이템이 열 개가 다 나온다면? 당연히 한정된 상품인 만큼 사람들은 더 이상 돈을 쓰지 않을 것이다.

"그리고 실제로 그 이전에 비슷한 사례가 있었고요."

그런 식으로 판매한 아이템이 영광의 단검뿐만이 아니었다.

다른 아이템도 비슷하게 판매한 적이 있는데, 사람들이 얼마나 질러 댄 건지 20분 제한 시간에서 고작 3분 만에 한정된 열 개가 전부 나와 금방 판매가 종료되었다.

"그러면 결과적으로 17분간 들어올 돈이 사라진 거죠. 그러니까 회사에서 조작하자고 했을 것 같은데?"

"……."

"한창화 씨, 여기서 침묵해도 바뀌는 건 없습니다. 어차피 우리는 지금 한방소프트와 전쟁 중입니다."

즉, 그가 한방소프트에 가서 이 이야기를 전한다고 해도 새론에서 입을 손해는 없다는 거다. 한방소프트가 새론에 저항할 방법도 없고 말이다.

"물론 그걸 통제하기 위해 한방소프트는 개발자들을 조지겠지요."

살살 달래서 감춘다? 그럴 리가 없다.

어떤 식으로 달래든, 결국 새론에서 줄 수 있는 이득이 훨씬 압도적일 테니까.

그러니까 그럴 때는 협박이다. 개기면 이 바닥에서 일 못한다는 식으로 말이다.

"그래서, 어떻게 생각하십니까?"

"후우. 하긴, 뭐 어지간한 사람들은 다 알고 있는 비밀이니까."

머리를 북북 긁는 한창화.

사실 대부분의 유저들은 조작한다는 걸 안다. 다만 그걸 증명할 수 없을 뿐이다.

"저한테 그 증거를 내놓으라고 하시는 것 같은데, 그러면 제게 어떤 이득이 있나요? 말씀하신 것처럼 그 증거를 공개하면 전 이 바닥에서 퇴출됩니다만."

단순히 해고로 끝나는 일이 아니다. 다른 어느 회사도 가지 못한다.

한방소프트의 힘은 그 정도로 강하다.

"어디 가실 필요는 없죠."

"네?"

"게임기 쪽 프로젝트를 하고 싶으시다고요? 그쪽 담당 이사를 시켜 드리지요."

"네에?"

그 말에 한창화는 어이가 없어서 되물었다.

"저를요? 아니, 그게 가능합니까? 최강도가 그런 청탁을 들어줄 리가……."

"가능합니다. 왜냐하면……."

노형진은 계획을 설명해 줬다.

그 말에 한창화는 눈을 반짝거렸다.

"좋습니다. 진짜 이 엿 같은 도박질에서 벗어나고 싶었습니다. 자괴감도 들고."

그는 자신도 모르게 정강이 부분을 만지작거렸다.

쪼인트를 까인 게 언제 적 일인데 여전히 아파 오는 듯한 그 부분.

"그 새끼들도 쪼인트 좀 까였으면 좋겠네요."

⚖

퍽!

쪼인트를 까인 이사 한 명이 바닥을 나뒹굴었다.

그리고 연달아서 이사들이 줄줄이 쪼인트를 까이면서 죄다 바닥을 나뒹굴었다.

"이 새끼들아! 이거 뭐야? 어떻게 된 거냐고!"

"그게……."

"씨발, 어떤 새끼야! 어떤 새끼가 흘린 거냐고!"

게임 회사 내부에서 보안은 생명이나 마찬가지다.

문제는, 그 '보안'에는 합법이 아니라 불법적인 것에 대한 은닉이 우선이라는 거다.

그런데 누군가가 그 불법적인 행위들에 대해 대중에게 까발렸다.

"인터넷 안 봐? 씨팔. 내가 기자 새끼들한테 전화받아야겠느냐고!"

그동안 감추고 있던 진실들.

대중에게 공개된 확률과 다른 내부 진짜 확률과, 실시간 확률 조작에 대한 기록을 누군가가 모두 대중에 공개한 것.

–와, 씨발. 확률 1%라며? 언제부터 확률 1%가 0.1%가 됨?

–확률이 0.1? 그건 개헤자다. 씨팔, 공개 확률은 8%인데 실제 확률이 0.2? 실화냐?

–크큭. 뭐? 실패할 때마다 성공 확률이 조금씩 올라갑니다? 0.0001% 올라가는 것도 올라가는 거냐?

–이거 보소. 아예 확률 조작하는 거 봐라. 최소 5천이상 안 꼬라박으면 아예 확률 상승이 없는 걸로 조작해 놨는데? 그것도 캐릭터당. 크크크, 어이가 없네.

–이 새끼들아, 라스베이거스 카지노도 이것보다는 확률 높다.

–이게 게임이야, 사기야?

그동안 조작하고 있던, 모든 감추고 싶었던 확률이 대중에게 공개되자 여론에서는 신나게 물어뜯고 있었다.

너무 큰 사건이기에 이건 덮으려야 덮을 수가 없었다.

사실 그동안 확률을 실시간으로 조작하고 있다는 의심은 계속 존재해 왔다.

하지만 피해자인 유저 입장에서는 그걸 증명할 방법이 없었고, 국가 입장에서는 그걸 달라고 할 권한이 없었다.

그렇다 보니 기업 쪽에서 영업 비밀이라고 입 꾹 다물고 있으면 방법이 없었다.

아무리 지금까지의 기록을 내밀어도 회사에서 독립시행이기에 그럴 수도 있다고 주장해 버리면 부정할 수가 없기 때문이다.

독립시행이라면 실제로 운이 더럽게 없어서 아이템을 못 뽑는 놈이 있을 수도 있으니까.

하지만 내부의 확률 공개는 심각한 문제다.

더군다나 가장 큰 문제는 그걸 찌른 새끼가 개발자라는 거다.

단순히 확률을 텍스트화해서 가지고 간 거라면 회사 입장에서는 누군가가 악의적으로 조작한 것이라고 주장할 수 있다.

텍스트라는 게 그런 거니까.

하지만 이 새끼가 아예 작정하고 프로그램 화면을 캡처해 가는 바람에 부정도 못 할 처지가 되었다.

"어떤 새끼냐고! 어!"

"지금…… 그게…… 확인 중입니다."

"확인? 확인? 지금 확인할 수 있어? 어?"

"그게……."

쉽지 않다. 왜냐하면 〈공성전기〉의 프로그램 관리는 실시간으로 이루어지기 때문이다.

이게 무슨 소리냐면, 프로그램의 해당 부분을 열어 보는 관리 자격은 모든 직원이 가지고 있다는 소리다.

더군다나 업무 자체가 프로그램을 열어 보지 못하면 진행되지 않는 방식인 데다가 로그에는 언제 접속했는지에 대한 기록만 나와 있지 캡처한 게 무엇인지에 대해서는 나와 있지 않다.

즉, 모든 개발자들이 용의자라는 거다.

"이런 씨발."

최강도는 정신이 아득해졌다.

내부에서 누군가가 배신할 거라고는 생각도 못 했으니까.

당연히 그 상황은 누구도 예상하지 못했다.

"이 새끼들, 내가 베푼 은혜도 모르고."

그동안 프로그래머들을 얼마나 착취했는지 기억도 못 하는 최강도는 자신을 배신한 프로그래머가 죽이도록 미웠다.

"당장 그 새끼 찾아내. 그리고 이건 조작이라고 발표해."

"하지만 로그까지 공개된 시점이라……."

"씨팔, 로그도 조작이라고 하라고! 대가리에 뇌 없어? 대가리는 우동 사리로 채웠냐? 로그만 봐서 어떤 게임인지 어떻게 알아!"

확실히 로그는 단순한 문자열이기에 그것만 봐서는 어떤 게임인지 알 수가 없다.

"그걸로 밀어붙여!"

"네, 사장님."

"그리고 모든 개발자 새끼들 일단 조져. 이 개 같은 새끼들. 은혜도 모르고."

자신도 개발자였음에도 불구하고 이제 최강도에게 개발자는 노예 그 이상도 그 이하도 아니었다.

프로그래머가 자신을 배신한 이상 모조리 조지고 볼 생각이었다.

하지만 그는 그럴 수가 없었다.

"도대체 왜 이딴 짓을……."

"그…… 아마…… 노형진과 새론의 사주를 받은 게 아닐는지……."

"뭐? 새론의 사주?"

"네. 그들이 말하지 않았습니까? 공매도를……."

말하면서도 혹시나 최강도가 흥분해서 다시 한번 쪼인트를 까지 않을까 극도로 경계하며 몸을 사리는 이사.

"뭐라고? 공매도? 이런 씨팔, 그랬지."

너무 흥분해서 잊어버리고 있었다.

자신의 기업에 대한 공매도.

안 그래도 중국에서 벌어지고 있는 소송을 막기 위해 사람까지 보낸 상황이 아니던가?

"중국뿐만 아니라 한국에서도 수작질을 부리겠다?"

확실히 이건 심각한 타격이기는 하다.

물론 조작된 로그라고 하면 그만이기는 하다. 아니, 그래야 정상이다.

"네, 실제로 지금 주가가 하락장이라……."

게임 확률 조작은 생각보다 심각한 문제다.

당연하게도 장이 열리기 무섭게 한방소프트의 주가는 계속 하락세를 유지하고 있었다.

"끄응, 방법이 없군."

저쪽에서 작심하고 달려들고 있다는 것은 알겠지만 딱히 막을 수가 없는 상황.

"일단은 그 새끼들이 뭘 못 하게 막는 게 우선이다. 조작이라고 발표해."

하지만 그 발표보다 더 빠른 발표가 있을 거라는 걸, 그들은 미처 예상하지 못했다.

"한방소프트 말이야, 마이스터에서 공매도 들어간다던데?"

"뭐? 그거 확실해?"

"확실하니까 말하지, 이 사람아. 내 처남이 새론에서 일하는 변호사잖아."

그 말에 그 주변으로 사람들이 모여들었다.

확실히 그는 몇 번이나 처남이 새론에서 일하는 변호사라고 이야기한 적이 있으니까.

"그 뭐냐? 새론에서는 수임료를 싸게 해 주는 대신에 투자로 수익 보전해 주잖아."

"그거야 유명하니까 알지. 하지만 그동안은 정보가 안 새어 나왔잖아?"

투자해 주는 건 마이스터고, 변호사들에게 투자의 정보를 제공하거나 하지는 않는다.

그 때문에 변호사들도 자산이 늘어나고 있다는 건 알지만 어디로 투자되는지 알지는 못한다.

"아, 그게 이번에는 실수로 새어 나간 모양이야."

"실수? 새론에서 실수를 했다고?"

"아니, 가능성이 없는 건 아니잖아? 실수로 업무 메일이 전체 메일로 발송된 모양이더라고."

그 말에 사람들이 솔깃했다.

실제로 직원들 사이에서 종종 있는 실수니까.

실제로도 한 기업에서 모든 직원들의 급여 명세서가 전체 메일로 발송되면서 직원들이 대단위로 그만둔 사건도 있었다.

"그래? 그런데 웬 한방소프트 공매도?"

"넌 뉴스도 안 보냐? 거기 이번에 확률 조작하다 걸렸다던데."

"고작 그걸로?"

"그러니까 내부 비밀이지. 한방소프트에서는 어떻게 감추고 있는 모양인데, 중국에서 큰 문제가 생겼나 봐."

"생겨 봤자지."

"거의 판호 취소 수준이라던데?"

"판호 취소라고?"

판호는 쉽게 말해서 중국에서 판매해도 된다는 허가다.

안 그래도 중국은 해외 게임의 판매 허가를 거의 내주지 않는 곳으로 유명하다. 그나마 〈공성전기〉는 판호가 쉽게 나오던 시절에 나온 오래된 게임이라서 판호가 있기는 하지만.

그리고 주식하는 사람들에게 중국에서 〈공성전기〉, 아니 한방소프트 수익의 절반 이상이 나온다는 건 딱히 비밀도 아니다.

그런데 판호가 취소된다?

"한방에서는 덮고 있는 모양이지만……."

"그런 거라면 새론에서 알겠네."

"그러니까 이번에…… 한번 올라타 보는 건 어때?"

"헛소문 아니야?"

"헛소문이겠냐? 처남이 자기한테 온 메일을 확인하고 말해 준 거라니까."

"그래?"

그런 거라면 확실히 가짜 정보는 아닐 것이다.

어디 지라시에 올라간 거라면 몰라도 실수로 내부에 퍼진 서류라면 거짓 정보일 수가 없다.

더군다나 일반 직원도 아니고 변호사가 아닌가?

"지금이라도 올라타는 게 어때?"

"돈 좀 만지겠네."

주식시장에 알음알음 소문이 퍼져 나갔다.

⚖

"이런 젠장……."

한창화는 부장의 사무실에서 들려오는 고함에 눈을 찡그렸다.

"너지! 너지, 이 새끼야!"

"아닙니다……. 진짜 아니에요!"

"아니긴 뭐가 아니야! 너잖아, 이 새끼야! 네가 〈공성전기〉 담당하잖아!"

"〈공성전기〉 담당하는 직원이 어디 한두 명입니까?"

"어따 대고 말대꾸야! 네가 맞잖아!"

답을 정해 두고 고래고래 소리를 지르는 부장의 목소리에, 한창화 팀장은 자신도 모르게 손을 내려서 정강이 부분을 문질렀다.

"팀장님, 아직도 아파요?"

"진짜로 아픈 건 아니고 심리적인 문제."

"니미 씨벌. 다 그러네요."

부하 직원도 어이가 없다는 듯 눈을 찡그렸다.

"부장 저 미친 새끼는 도대체 누구한테 뒤집어씌우고 싶어서 저러는 거래요?"

"아무나 상관없을걸, 자기만 아니면."

"하긴, 그렇겠네."

확률 로그가 공개된 후에 최강도는 유출자를 찾으라고 게거품을 물었고, 찾을 방법이 없자 아래에서는 어떻게 해서든 누구에게라도 뒤집어씌우려고 발광하기 시작했다.

"그나저나 팀장님, 누구 같아요?"

"낸들 아니?"

한창화는 모른 척 의자에 기대며 말했다. 그리고 슬쩍 진심을 담아서 말했다.

"그런데 누군지 모르지만 솔직히 이해가 가기도 한다. 뭐 이거, 더러워서 살겠냐?"

"하긴, 저도 마찬가지입니다. 딸린 식구만 아니면 진짜······."

"딸린 식구? 야, 난 내 식구 얼굴 본 게 한 달 전이다."

"팀장님만 그렇습니까? 저는 집에 갔더니 제 딸이 저보고 아저씨 누구냐고 묻던데요? 돌겠더라고요, 진짜."

툴툴거리는 사이 부장실 안에서 사원 한 명이 초췌한 얼굴로 절뚝거리면서 나왔다.

그 모습을 본 한창화는 결국 결심을 굳힌 듯 일어났다.

"어? 팀장님? 어디 가요?"

"야, 더러워서 진짜 내가 못 참겠다."

"네? 설마? 참아요. 그러다가 모가지 날아가요. 여기서 잘리면 어디도 못 가요."

"아니, 그거 무서워서 참았더니 부장 새끼가 선 넘잖아."

"아니, 참으시라니까요."

"못 참아, 씨발. 내가 까이는 건 그렇다고 쳐. 그런데 왜 억울한 애들한테 뒤집어씌우냐고."

물론 이건 한창화가 직원들의 마음을 얻기 위해 벌이는 하나의 쇼였다.

"참으세요, 팀장님."

"아니, 놔, 씨발."

밖이 소란스러워지고 다음 사람이 들어오지 않자 안에 있던 부장이 밖으로 기어 나왔다.

"뭐 해, 이 새끼들아! 일 안 해?"

"부장님, 이거 해도 너무한 거 아닙니까?"

"뭘 너무해?"

"아이고, 팀장님."

결국 내지르는 팀장을 보고 얼굴을 가리는 직원들.

"어디서 그렇게 더럽게 배워서 애들 쪼인트를 깝니까?"

"뭐? 한 팀장, 너 이 새끼 미쳤구나? 세상 안 무섭냐?"

"당신이야말로 안 무서워? 어? 씨팔, 내가 그동안 나 맞는 건 참았는데, 지가 병신 짓 해 놓고 왜 애들한테 뒤집어씌우고 지랄이야?"

"얼씨구? 이 새끼가 지금 나한테 개겨? 뒈질래?"

다가온 부장은 순식간에 한창화의 쪼인트를 까 버렸다.

"악!"

"팀장님!"

"이 개 같은 새끼가 세상 무서운 줄 모르지? 이 씹쌔끼. 오호라? 너지? 네가 유출했지? 그러니까 무서운 게 없어서 이지랄 하는 거지? 이 개새끼! 네가 유출자였구나."

부장은 의외로 날카로운 부분이 있었던 모양이다.

하지만 그가 실수한 부분이 있으니, 이미 분위기가 한창화에게 넘어왔다는 거다.

"씨팔, 선 넘네."

"씨팔?"

바닥에 쓰러졌던 한창화는 옆에 있던 의자를 붙잡으면서 힘들게 일어났다.

그리고 무서운 눈빛으로 부장을 노려보았다.

"그래, 씨팔. 내가 보자 보자 하니까 이제는 아무한테나 뒤집어씌우는구나? 그래, 어디 한번 끝장 보자, 이 새끼야."

"너 그거 무슨 소리야? 네가 유출했다고 인정하는 거야?"

"지랄하고 자빠졌네."

한창화는 결심한 듯 핸드폰을 꺼내서 들었다.

그리고 112에 전화했다.

"경찰서죠? 여기 한방소프트 본사 8층 〈공성전기〉 개발3팀인데요. 폭행 사건이 발생했습니다."

"뭐야?"

부장은 갑작스러운 한창화의 신고에 깜짝 놀랐다.

"뭐, 꼴 보니까 내가 뭐라고 하든 내 인생 조지고 싶은 모양인데, 같이 뒈지자, 이 개새끼야."

"너…… 너……."

"내가 병신인 줄 알아? 너 퇴직한 애들이 다른 곳 가지 못하게 업계에서 지랄한 거 몰랐을 줄 알았냐고."

"너…… 그러고도 여기서 편하게 떠날 수 있을 것 같아?"

"그래, 난 이제 찍혔으니 전화 돌려서 또 지랄하겠지. 그러니까 같이 죽자고, 이 씨팔 새끼야!"

그 말에 부장의 눈동자가 격하게 흔들리기 시작했다.

⚖

"한창화 씨한테 왜 부장을 도발하라고 한 겁니까?"

무태식은 고개를 갸웃하면서 물었다.

그럴 수밖에 없는 게, 한창화에게 도발하라고 한 건 노형진이니까.

"일단 내부의 프로그래머들을 하나의 세력으로 모으기 위한 결집점을 만들려고요."

"네? 그걸 왜요?"

"당연하죠. 노조 만들어야지요."

"노조?"

"네. 사실 프로그래머들 사이에서는 노조가 거의 의미가 없거든요."

워낙 이직이 잦은 업종 중 하나라 노조가 없다시피 하다.

"하지만 현실적인 문제가 생기면 또 이야기가 달라지죠."

지금쯤 한방소프트 내부에서는 내부 고발자를 색출하기 위해 온갖 지랄이 벌어지고 있을 것이다.

"그건 한창화 씨 부서만의 일이 아닐 거예요. 결과적으로 프로그래머들의 원성이 하늘을 찌르게 될 거고요."

"그래서 노조를 만들 거다?"

"물론 오래 효과를 발휘하기는 힘들 거라는 걸 압니다. 하지만 최소한 최강도에게 머리가 아픈 일은 되겠지요."

최강도는 대부분의 사업자들이 그러하듯 노조라면 기겁하면서 질색한다.

"그런데 이번에는 그걸 막기도 애매하거든요."

실제로 지금 한방소프트 내부는 어떻게 해서든 범인을 찾아내기 위해, 아니 만들어 내기 위해 닥치는 대로 윽박지르고 협박하는 분위기였다.

"그러니 내부에 불만이 팽배할 겁니다. 그게 심해져서 경찰까지 출동했다고 하면 삐거덕거릴 수밖에 없죠."

실제로 한창화가 경찰을 부르고 폭행에 대해 진술하자 직원들은 모두 한창화의 편을 들어 주면서 부장을 고발했다.

참다 참다 결국 터진 것이다.

당연히 한방소프트는 발칵 뒤집어졌고, 그동안 감춰져 있던 수많은 사건들—부장의 다른 폭행이나 모욕, 또는 여성 직원에 대한 성추행 등이 줄줄이 터져 나오면서 회사 내부에 불안감이 팽배했다.

"그리고 그 상황에서는 회사 내부에서 조사도 제대로 못 해요. 저는 한창화 씨에게 미래의 이사직을 약속했습니다. 그 약속이 이행되기 위해서는 한창화 씨가 내부를 결속시키고 자리를 지키는 게 중요합니다."

물론 밖으로 나간다고 해서 그를 이사로 불러오지 못할 건 아니지만, 정보를 누설해서 잘려 나갔다가 돌아오는 것과 부하 직원을 지키려다가 모가지가 날아갔다가 다시 돌아오는 건 직원들의 느낌이 완전히 다를 것이다.

"그러면 회사의 주인이 바뀌더라도 좀 더 우호적이 되겠죠."

자신들을 지켜 주던 사람을 다시 데리고 온다? 그 말은 직원들에게 우호적인 사장이라는 소리다.

"그런 것까지 노린 겁니까?"

"뭐, 그건 부차적인 거고 원래는 조사를 방해할 목적이지만요. 그리고 진짜 한창화 씨가 했다는 게 걸려서 잘려도, 직원들이 어떻게 보겠어요?"

당연히 한창화가 누명을 뒤집어썼다고 생각할 거다.

"허허허, 대단하네요."

"뭐, 대단한 건 지금부터죠."

노형진은 자신 있게 말했다.

"이제 슬슬 최강도는 똥줄이 타기 시작할 테니까요."

이것이법이다

인생은 도박이 아니라 총합이다

　공매도라는 것. 그것도 고의적인 공매도는 심각한 문제가 있을 때만 가능하다.

　노형진은 그걸 고의적으로 시중에 뿌렸다.

　사실 애초에 업무 메일 주소로 투자 메일이 왔다 갔다 할 이유는 없다.

　투자라는 것 자체가 마이스터와 미다스의 전적인 선택에 따라 달라지는 거고, 그걸 새론의 허락을 받을 이유는 없으니까.

　하지만 고의적으로 실수인 척 뿌린 게 노형진이니, 당연히 사방에 파다하게 소문날 수밖에 없었다.

　어느 정도 돈을 가진 투자자들의 경우는 그들의 투자 자체가 그 주가를 부흥시키는 결과를 가지고 온다. 그래서 미국의 모 부자는 그걸로 코인 장난을 치기로 유명했다.

그런 면에서 노형진의 공매도 정보는 아주 귀한 몸이었다.

왜냐하면, 마이스터와 미다스의 정보가 새어 나가는 경우는 아주 드물었기 때문이다.

결과적으로 소문이 돌기 무섭게 온갖 곳에서 공매도에 발을 올리기 시작했다.

"이런 씨발……."

최강도는 쭉쭉 떨어지는 주가를 보면서 입술이 바짝바짝 말랐다.

그래도 자신은 이겨 낼 수 있을 거라 생각했다.

하지만 실제로 노형진에게 당해 보니, 이게 얼마나 피 말리는 일인지 알 것 같았다.

"이대로…… 망할 수는 없어."

안 그래도 평이 안 좋던 〈공성전기〉와 한방소프트다.

최강도는 자신이 만든 게임이 가장 완벽하다고 생각하지만, 그것과 별개로 게임의 도박 이야기가 나올 때 첫 번째로 늘 언급되는 게임이 바로 〈공성전기〉였기 때문이다.

-이제는 도박을 넘어서 사기 아님?

-사기 맞지. 확률 가지고 장난치는 건 카지노도 안 한다, 개새키들아.

-맞아. 카지노도 최소한 룰은 지킨다.
-룰을 지들이 만드는 게 뭔 게임임? 사기지.

　그런데 이번에는 게임이 도박을 넘어서 아예 사기 취급을
받게 된 것이다.
　문제는 그것뿐만이 아니었다.
　어차피 〈공성전기〉는 경쟁 게임이다. 돈 없는 개돼지들이
뭐라고 하든 그건 알 바 아니었다.
　문제는 돈 있는 개돼지들이었다.

　서울 중앙 경찰서, 한방소프트 〈공성전기〉에 대한 사기 조사에
　착수

　사기란 무엇인가? 금전적 목적을 가지고 상대방을 속이는
행위를 의미한다.
　그리고 엄밀하게 말하면 상대방에게 확률을 속이는 행위
역시 사기에 들어갈 수 있다.
　물론 지금까지는 판례가 없었다. 그동안 〈공성전기〉는 게
임 내부의 업무 정보라는 핑계로 철저히 감추며 확률을 속여
왔기 때문이다.
　하지만 이제는 조작 사실이 드러났고, 현실적으로 사기의
성립 가능성이 높다.

"씨팔, 더러운 개돼지 새끼들."

그리고 〈공성전기〉의 개돼지들은 돈이 넘치는, 돈이 썩어 문드러지는 개돼지들이다.

그들 중 일부는 분노해 변호사까지 사서 한방소프트를 사기로 고소했다.

돈이 아까워서 그런 게 아니다. 자신을 속였다는 것을 그들은 용납할 수가 없었던 것이다.

그건 고한병도 마찬가지.

돈 좀 있는 사람들이 변호사까지 사서 고소를 진행하자 경찰은 사기에 대한 조사에 들어갈 수밖에 없었다.

전처럼 돈으로 틀어막거나 언론에 뇌물을 뿌려서 틀어막을 수 있는 상황이 아니다 보니 결국 사건은 걷잡을 수 없이 커져 갔다.

"이게 아닌데."

최강도의 눈동자가 흔들렸다.

하지만 몰락을 막을 만한 방법이 도무지 보이지 않았다.

노형진의 말대로, 알아도 막을 수 있는 상황이 아니게 된 것이다.

그리고 그 시각, 중국에서는 리우 시앤이 재판정으로 향했다.

"후우."

그녀는 심호흡했다.

난생처음으로 해 보는 초대형 사건이다.

물론 리우 시앤이 스물두 건의 모든 사건을 다 하는 건 아니다. 전국에 퍼져 있으니까.

그래서 그녀가 선택한 것은 사건을 찾아내고 그걸 담당할 변호사를 찾는 일이었다.

그 덕에 그녀는 그중 한 건만을 담당할 수 있었다.

하지만 그것만 해도 무시할 수준은 못 됐다.

"8천만 위안이라니, 진짜 어이가 없네."

단 한 건이었지만 거기에 걸린 금액은 정말 어이가 없는 수준이었다.

8천만 위안. 한화로 대략 145억이다.

그걸 한 명이 게임 하나에 꼬라박은 것이다.

그리고 그걸 돌려 달라고 소송한 거고.

"후우…… 이길 수 있겠지?"

살짝 불안한 것도 사실이다. 노형진의 말대로 상대방은 확실히 강하니까.

여기저기에 로비한다는 소리도 들려왔고, 동시에 그녀는 꿈도 못 꿀 로펌을 데리고 왔다고 한다.

"불안하네."

이긴다면 인생이 바뀌겠지만, 진다면 인생이 망가질 수도 있는 상황.

"아니야, 아니야. 이길 수 있다."

리우 시앤은 떨리는 마음을 애써 다잡았다.

그런 그녀에게 누군가가 다가와서 말을 건넸다.

"리우 시앤 변호사님?"

"네? 누구시죠?"

"어르신께서 기다리십니다. 오시죠."

"네?"

뭔 말도 안 되는 소리인가 하는 눈빛으로 남자를 바라보는 리우 시앤.

하지만 이내 그의 주변을 보고 고개를 끄덕거렸다.

여기는 법원이다. 당연히 아무나 섣불리 변호사나 피고인에게 접근하지 못한다.

그런데 지금 법원을 지키고 있는 경비들은 마치 남자의 존재 자체를 인식하지 못하는 것처럼 가만히 서 있기만 했다.

이 사람이 그녀의 눈에만 보일 리가 만무한 만큼, 그만한 힘을 가진 사람이 뒤에 있다는 뜻이었다.

"앞장서세요."

그 말에 남자는 앞장서서 안으로 들어갔다.

잠시 후 도착한 곳은 황당하게도 오늘 재판을 담당하는 판사의 사무실 앞이었다.

정상적이라면 말도 안 되는 소리다.

'하지만 여기는 중국이니까.'

이게 무슨 뜻인지 알기에 그녀는 고개를 끄덕거렸고, 남자는 문을 열어 줬다.

리우 시앤이 안으로 들어가자 정작 이곳의 주인인 판사는 소파의 손님 자리에 앉아 있고, 상석에는 어떤 노인이 앉아 있었다.

"자네가 리우 시앤인가?"

"안녕하십니까? 리우 시앤입니다."

"나는…… 음…… 말하기 좀 그렇군. 그냥 어르신이라고 부르게."

"네, 어르신."

"앉지."

그 말에 리우 시앤은 더 이상 묻지 않고 자리에 앉았다.

"안 그래도 판사랑 이야기 중이었네. 그런데 자네한테도 이야기를 좀 들어 두는 게 좋을 것 같아서."

"어떤 이야기이신지?"

"얼마나 돌려줘야 하는지에 대해 말이야."

그의 입에서 나온 이야기는 승패에 관한 것이 아니었다.

이미 승리는 확정적이었고, 중요한 건 얼마나 돌려줘야 하냐는 것이었다.

"내가 봐서는 전부 돌려주는 게 좋을 것 같은데, 판사는 그래도 적당히 봐주는 게 좋을 거라고 하더군."

"파…… 흠흠. 어르신, 일부 승소라는 개념도 있습니다. 그리고 사기라고 보기도 애매한 게, 일단 의뢰인이 낮은 확률임을 알고도 도박에 가까운 도전을 한 건 사실이니까요."

하마터면 이름을 부를 뻔한 판사는 재빨리 말을 돌렸다.

"하지만 이건 확률이 너무 다르던데. 한국에서 공개된 걸 보니까 조작이 확실하던데?"

"그건 한국에서 관리하기 때문에 우리 중국에서 바로 적용하기는 애매합니다."

"그러면?"

"일단 판호를 취소하고 공안을 통해 서버를 압수수색하는 쪽으로 가는 걸 추천해 드립니다."

"판사 의견은 이런데 자네 생각은 어떤가?"

노인의 갑작스러운 질문에 리우 시앤은 노형진이 한 말이 뭔지 알 것 같았다.

'이런 거구나.'

노형진은 이 사건이 재판정이 아닌 외부에서 끝날 것이라고 했다.

물론 그때는 전혀 이해가 가지 않았다.

하지만 지금 보니 그 말이 뭔지 알 것 같았다.

애초에 재판은 의미가 없었던 것이다.

"그 건에 대해 미스터 노의 의견은……."

"미스터 노의 의견? 미리 이야기를 들었단 말인가?"

"네. 일부 승소를 하는 게 맞다고 했습니다."

"어째서?"

"일단 확률이 낮은 것은 사실이지만 사실상 도박에 가까운 확률이었고, 실제로도 도박인 만큼 전액 상환은 무리라고 합니다."

"그 차이가 뭐지? 솔직히 난 모르겠네만."

이미 공매도에 올인한 노인은 일부 승소와 전부 승소의 차이를 알 수가 없었다.

"어차피 판호는 취소될 거야. 그리고 그 후에 소송이 연달아 터지겠지. 그러면 이 회사는 어차피 끝이야. 그런데 왜 굳이 일부 승소해 준다는 거지?"

"도박은 하는 사람에게도 잘못이 있으니까요."

"무슨 말인가?"

"노 변호사님이 그러더군요. 도박한 돈을 돌려주면 마약한 놈을 풀어 주는 꼴이라고."

"마약이라······."

중국에서는 마약이라는 이름의 무게가 남다르다.

당연한 게, 그로 인해 전쟁까지 했고 심지어 나라가 망할 뻔하기까지 하지 않았던가?

"이런 시스템을 가진 기업이 한방소프트만인 건 아닙니다. 물론 이런 시스템을 만들어 낸 것은 한국, 아니 한방소프트가 맞지만요."

"잠깐, 그게 무슨 소리인가?"

"이런 도박성의 가챠를 만들어 낸 건 한방소프트가 맞습니다."

원래 게임은 그걸 하나 파는 걸로 끝이었다.

때때로 확장팩이라는 걸로 추가 시나리오나 새로운 버전을 팔기도 했지만, 지금처럼 아이템 같은 걸 처음 팔기 시작한 건 한방소프트였다.

"처음에는 아이템을 팔았고 그다음에는 성능이 좋은 주문서를 팔았죠. 그 뒤에는 그걸 나눠서 재료를 팔기 시작했고요."

처음에 아이템을 팔기 시작한 한방소프트는 이걸 도박적으로 뽑기를 적용하면 어떨까 하는 생각을 했고 그게 이제는 하나의 흐름이 되어서 소위 말하는 가챠, 그러니까 뽑기가 되어 버린 것이다.

"그들은 이미 도박 중독자입니다. 만일 여기서 돈을 전부 돌려주어도 그들은 또 다른 게임으로 가서 그 돈을 쓸 뿐입니다. 그러면 무한 반복이겠지요."

일단 돈을 쓰고 그 돈을 돌려받을 테고, 그 후에 다른 게임으로 가서 다시 도박할 거다.

"도박이 국가에 얼마나 큰 문제를 일으키는지는 아실 거라 생각합니다."

"심각하지."

확실히 심각한 문제를 일으킨다.

"그리고 그게 반복되면 기업들도 힘들 테고요."

물론 게임 자체를 혐오하는 중국 정부에서는 게임 회사의
존망에 관심이 없겠지만 말이다.

"하지만 한방소프트를 이기게 해 준다면, 결국 한방소프
트는 도박으로 중국 대륙을 지배하려고 할 겁니다."

그 말에 노인은 눈을 찡그렸다. 그건 용납할 수 없는 일이
니까.

"그러니까 최선은, 일부를 돌려주되 도박이라는 건 확실
하게 못 박아 버리는 겁니다. 다만 판호는 조건부로 다시 열
어 주시고요."

"조건부로?"

"그렇습니다."

그렇게 되면 도박한 사람들은 돈의 일부만을 돌려받게 될
테고 다시 도박에 쓸 돈이 없게 된다.

반대로 중국 입장에서는 어찌 되었건 도박이라는 확실한
재판 결과가 나왔으니 〈공성전기〉의 판호를 취소하고 그대
로 중국에서 몰아낼 수 있게 된다.

"아니, 이런 게임이라면 판호를 닫는 게 정상적인 절차 아
닌가?"

"그래서 조건부라는 겁니다. 도박성이 높은 아이템은 완
전히 삭제하는 조건으로 판호를 열어 주는 것이 새론의 의중
입니다."

"흠."

새론이라는 말에 두 사람은 신음을 내면서 고민했다.

말이 새론이지 그게 노형진의 생각이라는 건 확실하니까.

하지만 두 사람의 고민은 짧았다.

결국 그들은 공매도를 해서 수익을 낼 생각이었고, 판호 따위는 사실 관심도 없는 문제였다.

"뭐, 그게 무난한 정도겠군."

결국 노인이 동의하듯이 고개를 끄덕거렸다.

"그러면 얼마 정도가 좋을까?"

"이번에 재판 가액이 8천만 위안이니 2천만 위안 정도가 어떨까요?"

"그 정도면 되겠군."

그렇게 중국의 한 법원 안의 작은 사무실에서 한방소프트의 미래가 결정되었다.

⚖️

중국 법원, 한방소프트의 게임 〈공성전기〉 도박 판결

과도하게 낮은 확률. 그마저도 조작하는 행위는 사기도박 맞아

중국, 도박 중독을 위한 특단의 대책이 필요하다 밝혀

전문가들, 중국의 〈공성전기〉 판호 취소 가능성이 높다 밝혀

안 그래도 한방소프트의 분위기는 좋지 않았다.

공매도 대상이 되었다는 소식에 다들 침을 꿀꺽 삼키고 있
던 상황에서 갑자기 터진 중국발 소식은 어마어마한 충격으
로 다가왔다.

"중국에서 연일 소송이 늘어난다고?"

"네, 지금 그걸 막을 방법이 없습니다."

"이런 미친……."

지난 수십 년 동안 중국에서 빨아먹은 돈이 수조 원이다.

그런데 중국에서 〈공성전기〉를 도박으로 판단해서 판호를
취소한다는 소문이 주가를 폭락시킨 데다, 법원의 결정에 따
라 그중 일부를 돌려줘야 하는 상황이 되어 버렸다.

그나마 다행인 건 전부가 아니라 대략 5분의 1 정도만 돌
려주는 선에서 끝났다는 건데, 문제는 그 5분의 1이라는 금
액도 절대 작은 돈이 아니라는 거다.

5분의 1이라지만 현실적으로 그 정도 돈이 지금 한방소프
트에 있을 리가 없다.

"2심은? 2심은!"

"힘들 것 같습니다. 현지에서 고용한 로펌 말로는 자기들
의 로비가 전혀 안 먹힌다고……."

"로비가 안 먹힌다고?"

"네, 그러니까 아예 만남 자체를 거부당하고 있다고 합니
다. 이런 경우는 이미 위에서 답을 정한 것뿐이라고……."

그 말에 최강도는 손이 바들바들 떨렸다.

수십 년 동안 자신이 이룩한 완벽한 게임이, 완벽한 제국이 무너지고 있었다.

"이렇게 당할 수는 없어……. 어떻게 해서든 피해를 복구해야 해."

최강도의 머릿속에는 그 생각뿐이었다.

어떻게 해서든 돈을 벌자는 생각.

게임을 살린다는 생각? 회사를 살린다는 생각?

애석하게도 그가 원하는 건 그게 아니었다.

'〈공성전기〉, 아니 한방소프트는 끝났어.'

직감적으로 그는 한방소프트에는 미래가 없다는 생각이 들었다.

하긴, 중국 하나 바라보고 있었는데 그게 이제 완전히 막혀 버렸다.

판결이 이렇게 나왔는데 중국에서 판호를 내줄 리가 없다.

안 그래도 요즘은 거의 판호가 안 나오는 판국이다.

한국? 물론 전이라면 중국이 날아가도 한국에서 개돼지들을 쪽쪽 빨아먹으면 된다고 생각했겠지만, 요즘은 그렇게 안된다.

개돼지들이 눈을 뜨고는 돈을 안 쓰기 시작한 것이다.

물론 이 와중에도 돈을 질러 대는 개돼지들이 있기는 하다. 하지만 조금이라도 생각이 있는 사람들은 손절을 치고 있다.

벌써 수익이 20% 이상 빠지고 있는 상황.

그나마 손절만 치면 다행이다.

일부는 사기로 고소를 시작했고, 그 때문에 회사의 법무팀
은 난리가 났다.

"일단…… 돈이 필요해. 소송이든 로비든 돈이 필요하니
까 돈을 구해야겠어."

"하지만 지금 대출이 될는지…….”

"대출? 우리가 왜 대출을 해?"

"네?"

그 말에 다들 어리둥절했다.

대출 외에 어떻게 갑자기 돈을 구한단 말인가?

하지만 최강도의 다음 말에 다들 뜨악한 얼굴이 되었다.

"끝내주는 아이템 좀 생각해 봐."

"네? 아이템이라니요?"

"끝내주는 물건 말이야. 유저들이 안 사고는 못 배길 만한
거. 비싼 걸로.”

"사장님?"

"어차피 사 줄 병신 새끼들은 넘쳐 나. 그러니까 뭐라도
생각해 보라고!"

최강도는 회사가 망하기 전에 최대한 뽑아 먹을 생각에 눈
을 번뜩거리기 시작했다.

"내 이럴 줄 알았다."

노형진은 새로운 상품을 보면서 혀를 끌끌 찼다.

아니, 새로운 상품이라고 보기도 애매하다.

누구도 도박을 새로운 상품이라고 하지는 않으니까.

"돌아 버렸네요? 왜 이런답니까?"

"그만큼 급한 거죠. 이제 끝물이다 싶으니까 한탕 크게 하려고 하는 겁니다."

〈공성전기〉의 새 상품, 관우의 축복.

서양을 기반으로 하는 세계관에 뜬금없이 관우가 튀어나온 것도 어이가 없는데 상품은 더 어이가 없었다.

"관우가 알면 아주 대성통곡하겠네."

"그러니까요. 제가 이런 게임을 잘 안 해서 모르겠는데, 이게 말이 되는 겁니까?"

무태식은 컴퓨터 화면에서 신나게 홍보하는 영상을 보며 어이가 없다는 듯 물었다.

그리고 그런 무태식의 말에 노형진은 고개를 흔들었다.

"안 되죠, 현실적으로. 이건 게임하지 말라는 거죠."

관우의 축복은 쉽게 말해서 경험치 부스터다.

〈공성전기〉는 레벨 올리기가 더럽게 힘든 게임이다. 그래서 수십 년 동안 유지되어 온 게임임에도 제일 오래된 상품인 PC 버전조차 최고 렙이 100렙이다.

사실 그것도 설정상 만렙이 100렙이고, 현재 게임 내 최고 렙은 96인가 그랬다.

"그런데 관우의 축복 같은 경험치 부스터를 팔아 버리면 그 모든 게 뒤틀리는 거죠."

물론 경험치 부스터라는 게 지금까지 단 한 번도 없었던 것은 아니다. 거의 모든 게임에서 경험치 부스터는 유료 혜택으로 판매된다.

"그런데 경험치 1,200%라니, 이건 미친 거죠."

경험치 100%라면 그래도 이해는 간다.

의외로 경험치 100%라면 종종 팔기도 하고, 게임마다 다르지만 휴식 게이지라 해서 짧게 플레이하고 쉬는 라이트 유저들을 위해 장기간 접속을 하지 않으면 일정 양의 경험치를 더 주는 경우도 있으니까.

"그런데 1,200%면 1년 치 경험치를 한 달에 다 먹는다는 건데……."

노형진은 말도 안 되는 무리수에 혀를 끌끌 찼다.

그런데 이걸로 끝이 아니었다.

"이 정도면 기존 상품들과 중복 적용이 안 되어야 하는데 말이죠."

하지만 된다.

그러니까 아이템을 더 사서 쓰면 최대 1,500%의 경험치까지 얻을 수 있다.

그럼 이걸로 끝일까?

애석하게도 그렇지 않다.

이 아이템은 소모품이다. 기간을 정해서 쓰는 게 아니라, 최대 몇 마리까지 잡고 나면 다 사라진다.

그 말은 그 경험치를 얻기 위해서는 계속 그 아이템을 사야 한다는 거다.

그렇다면 이런 황당한 상품이 이것뿐일까?

그럴 리가. 추가적인 던전이 하나 더 있다.

이벤트 한정으로 만든, 경험치 두 배 던전.

던전 내 몬스터를 잡으면 경험치를 두 배로 주는 시간제 던전이다.

즉, 풀로 아이템을 사서 해당 던전에서 사냥하면 무려 경험치 3,000%라는 황당한 숫자가 나오는 것이다.

물론 모든 것은 다 유료다.

심지어 경험치 던전 입장권도 유료다. 그것도 한 시간짜리다.

즉, 한 시간마다 입장권을 안 사면 게임을 못 하는 것이다.

"신규 유저를 위한 지원 상품이라는데……."

"개소리입니다, 그거."

애초에 〈공성전기〉는 신규 유저가 거의 없는 게임이다.

한 서버에 잘해 봐야 백 명도 안 들어가는 게임이고, 그나마도 대부분은 지독한 현질 시스템에 질려서 나가떨어지는 상황이다.

그런데 그런 신규 유저를 위해 나온 거라고?

물론 신규 유저에게는 이런 상품이 필요하기는 하다.

워낙 고인물화가 진행되어서 정상적인 방법으로는 때려죽여도 상위 랭커, 아니 일반 랭커조차 못 따라잡는다.

본인이 다른 일을 하는 사이에도 게임 레벨을 올리기 위해 오토 돌리는 건 양반이고, 아예 사람을 사서 플레이시키는 부자들을 위한 게임이 아닌가?

실제로 〈공성전기〉에서 자동 사냥이라고 불리는 오토를 돌리는 사람들의 숫자가 3분의 2 이상이지만, 회사는 알면서도 놔둔다. 돈이 되니까.

"그런데 그럴 거면 신규 유저 패키지로 한정 판매했어야지요."

하지만 신규 유저가 아니라 모든 유저가 구입 대상이란다.

똑같은 조건하에 싸운다면, 신규 유저가 아무리 돈으로 아이템을 질러 봐야 절대 못 이기는 것이다.

"더군다나 말입니다, 가격을 보세요. 저게 신규 유저를 위한 가격인가."

"하긴, 하루에 500만 원이라니. 어지간한 사람 한 달 수입을 웃도는데요."

"그러니까요."

신규 유저가 미쳤다고 이딴 게임에 들어가겠는가?

동일한 도박성 과금제를 적용하는 게임들이 널리고 널렸

다. 심지어 게임성도 20년 전 게임과 비교도 못 할 만큼 높다.

그러니까 이미 신규로 들어올 사람 자체가 없다고 봐야 한다.

즉, 말로는 신규 유저 지원 패키지지만 그 실체는 이미 경쟁에 눈깔 돌아간 개돼지들을 빨아먹기 위한 상품이라는 거다.

"한 달에 1억 5천이라……. 기가 막히네."

노형진이 어마어마한 돈을 벌면서 금전 감각이 회귀 전과 다소 달라진 건 사실이다.

지금의 노형진에게 1억 5천?

그 정도는 초 단위로 버는 액수다.

하지만 그렇다고 해도 이런 말도 안 되는 경쟁에 밀어 넣을 생각은 없다.

"그나마 이건 도박성은 아니네요."

"도박성 아이템으로 엄청나게 까이고 있으니까요."

아마 그렇지 않았다면 확률도 1%에서 1,500%까지 랜덤으로 설정하지 않았을까?

"뭐, 그만큼 다급한 거죠. 주식이 대폭락하고 있으니까."

공매도가 소문난 이후에 주가는 시궁창행이고, 그걸 올리는 방법은 결국 그만큼 수익을 내는 거다.

문제는 주요 수익처인 중국이 날아갔다는 것.

중국에서는 판결을 기반으로 판호를 중지시키고 게임 서비스를 멈춰 버렸다.

당연히 재심사 중이고, 대부분의 예측은 재심사가 무난하게 취소될 거라는 것이었다.

당연히 이럴 때는 회사가 건재하다는 걸 보여 줘야 공매도를 막을 수 있다.

"그래서 이런 말도 안 되는 짓을 하는 거군요."

"돈이 보여야 하니까요."

"하지만 그래 봤자 언 발에 오줌 누기 같은데요?"

1인당 한 달에 평균 써야 하는 돈이 1억 5천.

한 서버당 열 명씩 쓴다고 해도 한 서버당 15억이다.

그리고 현재 〈공성전기〉의 서버 수는 스물네 개, 그러니까 360억이다. 절대 작은 돈이 아니다.

문제는 중국이 날아갔다는 거다.

조 단위의 돈을 뽑아내던 중국 시장이 전부 날아갔는데 그걸 어떻게 메꾸겠는가?

더군다나 이건 명백하게 이벤트다.

즉, 잠깐은 몰라도 1년 내내 할 수는 없는 거다.

"흠…… 다른 목적이 있을 수도 있지요."

"다른 목적?"

"어차피 침몰하는 배 아닙니까?"

"아!"

어차피 침몰하는 배. 그러니 어떻게 해서든 최대한 빨아먹고 버려 버리겠다는 심산이라는 거다.

"그럴 가능성도 있겠군요."

몰락이라는 건 한순간에 찾아온다. 더군다나 한방소프트
는 어마어마한 공룡이다.

"지금 한방소프트 직원이 몇 명이죠?"

"지금 3만 5천 명 정도 될걸요."

"적지 않네요."

다른 게임사들이 소수로 양질의 게임을 내는 것을 추구하
는 것과 달리 한방소프트는 다수의 관리 인원으로 고객이 지
속적으로 도박을 하도록 끌어들였다.

당연히 몰락의 시기가 왔을 때 체구가 작은 곳은 버틸 수
있을지도 모르지만 체구가 큰 곳은 버티는 데 한계가 있을
수밖에 없다.

"그러니까 뽑아 먹을 만큼 뽑아 먹겠다는 건데……."

노형진은 고민에 빠졌다.

'하긴, 그건 참 애매한 문제지.'

'과연 게임 아이템은 어떤 가치가 있는 것인가.'라는 것.

현실에서는 수억을 넘어 수십억짜리 아이템이라고 홍보하
고 거래하지만, 결국은 실체가 없는 데이터 쪼가리다.

'그나마 비트코인은 일방적으로 서비스를 종료할 주체라
도 없지.'

비트코인이 엄청나게 널뛰고 있지만 그나마 그건 진짜 개
개인의 재산이라는 개념은 있다. 누군가가 '내일부터 비트코

인 못 씁니다.'라고 할 수는 없는 거다.

그에 반해 게임 아이템은?

내일 당장 '〈공성전기〉 서비스를 종료합니다. 그동안 감사했습니다.'라고 발표해 버리면 수십억, 수백억짜리 캐릭터가 그냥 사라지는 거다.

'하긴, 그게 문제지.'

〈공성전기〉를 계속 하고 거기에 돈을 꼬라박는 사람들이 보통 하는 말이 바로 '가치 유지'다.

어떻게 해서든 랭킹을 지키고 아이템의 가치를 지켜서 캐릭터의 가치를 유지시켜야 한다는 거다.

하지만 이 가치라는 게 과연 유지될 수 있는 것인가? 당장 내일 서비스가 종료되면 바로 모든 것이 허공으로 날아가는데?

"그러고 보니 전에 비슷한 사건 있지 않았나요? 그…… 뭐였더라?"

"서비스 종료 전에 아이템 팔아먹은 거 말씀이군요."

"네, 맞습니다."

어떤 게임에서 서비스 종료 한 달 전 고가의 아이템을 팔아먹은 적이 있다. 그런데 이미 내부적으로는 게임의 서비스를 종료하기로 결정된 상황이었다.

"그런데 그걸 알면서도 팔아먹었죠."

그것도 상당한 고가의 아이템을 말이다.

결국 그 일로 소송이 벌어졌고, 그 당시 재판부는 해당 아이템에 대해서만은 환불해 주라고 결정했다.

결정이 갑작스럽게 내려진 것도 아니고 게임 종료가 완전히 결정된 상황에서 판매를 했다는 것 자체가 게임이 끝나기 전에 크게 한탕 하자는 목적이 너무 뻔하게 보였으니까.

"하지만 이건 힘들걸요."

"왜요?"

"목적성이 끝났으니까요. 그 아이템과는 확실히 다릅니다."

그 당시에 팔았던 아이템들은 장비였다.

검과 방패, 갑옷과 액세서리 등등.

그러니까 지속적으로 쓸 수 있는 아주 좋은 아이템이었기 때문에 사람들은 비싼 돈을 들여서 산 거다.

그런데 그로부터 단 며칠 만에 게임을 종료해서 빡친 거고.

심한 사람은 아이템을 사고 다음 날 게임이 종료되었으니 빡칠 만도 하다.

"하지만 이건 아이템이 아니라 경험치의 축복입니다. 형태를 가진 게 아니라는 거죠."

"다른가요? 제가 게임을 안 해서."

"다르죠."

게임 아이템의 경우는 형태가 있고 지속성이라는 게 있다.

최소한 유저가 그 아이템을 다른 아이템으로 바꾸기 전까지는 그 사용 가치라는 게 존재한다.

"아이템의 경우는 그게 문제가 되어서 환불 조치가 이루어진 겁니다."

사용 가치가 존재하는 상품을 사기로 팔아먹은 상황이니까.

"관우의 축복은 다릅니까?"

"관우의 축복은 다르죠. 일단 사용 가치의 종료 시점이 다릅니다."

관우의 축복은 아이템이 아니라 일종의 부스터다.

즉, 구입해서 일정 기간 사용하고 나면 그에 상응하는 결과가 나오는 상품이라는 거다.

"그리고 그 시점에 사용 가치는 사라집니다."

"그 말은……?"

"소송해도, 그걸 환불해 달라고 할 수가 없다는 겁니다."

왜냐, 이미 사용했고 사용 가치가 끝났으니까.

그걸 이용한 캐릭터의 경우는 계약에 따른 사용일 뿐이지 그걸 환불해 달라고 할 주체가 아니다.

"더군다나 이 경우는 모바일 게임 표준 약관에 해당도 안 되고요."

하도 이런 식으로 한탕 하고 튀는 기업들이 많자 정부에서는 모바일 게임 표준 약관이라는 것을 만들었다.

정확하게는 종료 30일 전에 서비스 중단을 고지하고 남은 유료 아이템을 환불해 주라는 거다.

문제는, 이건 부스터다. 그것도 몬스터 한 마리씩 잡을 때마다 소비되는 소비 아이템.

그러니 한 달 전에 고지한다고 해도, 한 달 후 서비스가 종료되는 시점까지 얼마나 남겼는가?

아예 게임을 포기하고 플레이를 안 한다면 모를까, 남은 게 있을 리가 없다.

"설마 아이템이 아니라 이런 터무니없는 부스터를 내놓은 이유가……?"

"한방소프트 법무팀이 머리를 잘 썼네요."

아이템을 가져다 팔면 나중에 온갖 더러운 꼴을 다 당할 걸 알고는, 사용 가치가 소진되는 부스터라는 형태로 판매한 것이다.

"와, 이런……. 이 새끼들, 진짜 도박 회사 아닙니까? 아니, 이 정도면 카지노보다 더 독한 새끼들인데요?"

"그건 그렇지요. 라스베이거스의 카지노도 이 정도는 아닙니다."

노형진은 턱을 문질렀다. 그리고 잠깐 생각하다가 씩 하고 웃었다.

"이걸로 카운터 한 방 더 칠 수 있겠군요."

"네? 그게 무슨 말씀이십니까?"

"가치란 존속 가능할 때만 인정 가능한 겁니다."

이것이법이다

존속이 불가능하다면 그건 가치가 없는 물건이다.

물론 소모성 물건이라는 게 없는 건 아니다.

하지만 지금 한방소프트는 〈공성전기〉라는 소모성 물건을 마치 영원불멸한 것처럼 속여 가면서 도박에 몰빵 하도록 하고 있다.

"그러니까 그 영원불멸성을 끝내도록 하지요."

그들은 어떻게 해서든 돈을 벌기 위해 속임수를 썼지만 그게 그들의 자충수가 될 거라고는 아마 상상도 못 했으리라.

존재의 가치 증명

노형진은 일단 자신과 소송 중인 사람들을 모았다.

처음에는 고한병 한 명뿐이었지만 그와 같은 생각을 하는 사람들이 한둘이 아니었는지 별개로 소송하겠다고 찾아온 사람들이 있었다.

"혹시 이번에 관우의 축복 사신 분?"

당연하게도 손을 드는 사람은 없었다.

그럴 만도 하다. 현타 와서 이런 도박에서 손 떼고 싶어진 사람들이 과연 그걸 사겠는가?

"왜입니까? 그건 뭐 사도 그만, 안 사도 그만이기는 하지만."

"1억 5천? 못 살 건 아니긴 하지만, 솔직히 그게 무슨 의미가 있을까 싶던데."

"맞아. 그거 사 봐야 또 오토 돌리고 딴짓할 거 아냐? 그게 게임을 하는 거야? 컴퓨터를 켜 두기만 할 거면 왜 삼?"

"그러니까. 생각해 보면 우리가 병신도 아니고, 뭐 하는 짓이었는지 거참."

한번 한 발 빼고 바라보자 마치 자존감 낮은 키보드 워리어처럼 돈 버려 가면서 했던 게임에 대해서 흥미가 팍 식어 버렸다.

당연히 다들 말도 안 된다는 듯 피식 웃었다.

하긴, 현타가 온 시점에서 〈공성전기〉의 캐릭터들은 더 이상 애정의 대상이 아니었다.

"뭐, 예상대로군요."

"변호사 살 정도 되면 당연히 관심 없죠. 그런데 그거 물어보자고 저희를 부르신 건 아니죠? 저희 바쁜 사람들입니다만."

"바쁘기는 개뿔."

고한병의 말에 누군가가 피식하고 웃었다.

그 말에 고한병이 어색하게 입맛을 다셨다.

확실히 바쁠 일은 없는 인생들이니까.

"아, 저희가 여러분한테 물어보고 싶은 건 이겁니다. 과연 게임이 종료되면 어찌할 것인가?"

"네? 뭐, 상관없지 않나요?"

"질문을 잘못한 것 같군요. '만일 여러분이 하던 게임이 시
한부가 된다면 어떨까?'로 바꾸죠."

"우리가 하던 게임이라……. 그게 〈공성전기〉 말하는 거
맞죠?"

"네. 저는 그런 게임을 안 해 봐서요."

노형진은 그런 온라인 게임을 안 한다.

아니, 못 한다.

지속적으로 렙업을 하고 던전을 뛸 만한 시간이 없으니까.

"그거야…… 뭐, 신경 쓰려나?"

누군가는 신경 쓰지 않는다는 듯 어깨를 으쓱했다.

하지만 다른 사람은 의견이 좀 달랐다.

"쓰이지, 안 쓰여?"

"응? 왜? 어차피 그 돈 없어도 먹고살 수 있는데 뭘?"

"지랄. 그게 게임이 아니라 네 인생이라도 그럴래?"

그 말이 나오는 순간 갑자기 주변이 싸늘해졌다.

누구도 그런 생각은 해 본 적 없는 것처럼 말이다.

그러나 그 말을 한 사람은 신경 쓰지 않고 계속 떠들었다.

"나도 더럽고 치사해서 접고 소송하는 판이지만, 생각해
보니까 이게 뭐 하는 짓인가 싶더라."

"뭐, 다들 그런 거 아닌가?"

고한병이 말하자 그는 피식하고 웃더니 말을 덧붙였다.

"내가 말하는 건 게임이 아니야. 인생이지. 솔직히 〈공성

전기〉가 더러워서 때려치웠지만, 그 돈을 회사의 누군가에게 주면서 잘 구슬렸어 봐. 안에서 문제가 터지면 바로 제보가 안 들어오겠냐? 툭 까고 말해서, 지금껏 뒤통수 한번 안 맞아 본 놈 있냐?"

"하긴."

대부분 회사에서 나오는 돈으로 느긋하게 사는 사람들이다.

당연히 회사는 다른 누군가가 운영하는데, 그 안에서 누군가는 만만하게 보고 돈을 빼돌리려고 별의별 짓을 다 한다.

사무 보는 직원이 빼돌리기도 하고, 심지어 전문 경영인이라는 작자가 빼돌리기도 한다.

"야, 나도 하다 하다 더러워서 새론에서 제공하는 전문 경영인 서비스 쓰잖아."

"아, 그랬지."

새론은 전문 경영인을 파견 보내 주는 서비스를 제공하고 있는데, 그 서비스에는 기본적으로 당사자에 대한 감사 권한역시 포함되어 있어서 그 사람이 빼돌리는 것을 막아 준다.

그뿐만 아니라 아예 별도의 조항으로, 파견된 전문 경영인이 내부의 비리나 횡령 등을 발견하는 경우 추가적인 임금을지급하는 것으로 되어 있어서, 의외로 그들의 손에 의해 횡령이 발견되는 경우가 많았다.

"흠……."

이것이 법이다

"우리 인생이 가챠는 아니잖아."

게임 캐릭터가 아니라 인생을 논하기 시작하자 다들 약간은 충격을 받은 눈치였다.

"뭐, 하긴 게임 서비스가 종료될 거라는 걸 확인하면 아무래도…… 애정이 식어 버리겠지."

물론 수십 년 동안 계속된다면 모르겠지만 말이다.

설사 수십 년짜리라고 해도 애정이 식는 건 어쩔 수가 없다.

"시한부 인생이라고 하면 감정이 좀 달라지지."

진짜 인생이라면 하루하루가 소중해져서 충실하게 살아가려고 하겠지만 게임이라면?

당연히 어느 순간 사라질 신기루 같은 거다.

과연 거기에 수십억 수백억씩 꼬라박으면서 돈을 쓰려고 할까?

"역시 그렇군요."

"그런데 그건 왜 물어보십니까?"

"아, 그에 관해 말입니다, 저쪽에 제대로 엿을 먹일 방법이 있는데 동참하시겠습니까?"

"한방소프트요?"

"네."

"그런 거라면 당연히."

"난 그 새끼들이 엿 먹는 게 가장 즐겁더라."

잠깐 생각이 많아졌다고 해서 그들의 근본적인 성격이 바뀌는 건 아니었다.

"뭐라고?"

최강도는 노형진과 처음 만났다.

공식적으로 소송전을 하고 있는 것도 아니니, 공매도를 한다는 사실 자체는 알고 있지만 부딪칠 일이 없었다.

물론 먼저 만나서 이야기하자고 한다면 만나야 주겠지만 최강도는 자존심이 상해서 그러지는 않았다.

그런데 노형진이 그를 먼저 찾아왔다.

그것도 황당한 질문을 가지고.

"〈공성전기〉, 언제까지 서비스하실 생각입니까?"

"그걸 네가 왜 물어?"

"제가 묻는 게 아닙니다, 이 게임을 하는 플레이어들이 물어보는 거지."

"뭔 헛소리야? 지금 소송 중인 새끼들?"

"귀사와 소송 중인 것과 게임의 플레이는 전혀 다른 문제죠. 게임 약관에 소송으로 인한 계정 압류 조항이 있는 것도 아니고, 설사 있다고 한들 그건 불법인 거 아시죠?"

"끄응……."

실제로 그렇다.

회사와의 트러블은 게임 플레이와는 상관없다.

고한병이야 질려 버렸다고 계정을 통째로 팔아 버렸지만, 소송 중인 일부는 여전히 게임을 플레이 중이다.

그들은 게임 내부의 현질 요구가 심각하다는 것에 대해 동의하는 거지, 게임 자체를 안 하겠다는 것은 아니니까.

"끄응."

실제로 소송을 건 사람들에게 계정의 압류를 시도했다가 실패한 최강도는 신음을 흘렸다.

그런 그에게 노형진은 단호하게 말했다.

"제가, 아니 의뢰인들께서 이 질문을 하는 이유는 간단합니다. 이 게임을 얼마나 서비스하느냐에 따라 지금 판매하는 상품의 가치가 달라지니까요."

게임을 오래 서비스한다면?

당연히 지금 팔고 있는 관우의 축복도 살 만한 아이템이 된다. 더 높은 레벨을 차지할 수 있게 해 줄 테고, 그만큼의 랭킹을 유지하게 해 줄 테니까.

실제로 최고 레벨이 96이었는데, 그는 관우의 축복을 통해 97의 벽을 넘는 데 기어코 성공했다.

물론 그다음인 98에 언제 도달할지는 여전히 알 수 없지만.

"그러니까 그걸 왜 물어?"

"현실적으로 이야기해 보죠. 지금 당장 그걸 사면 분명 레벨 상승에 도움이 됩니다. 하지만 〈공성전기〉를 당장 다음 달에 서비스 종료한다고 하면? 무슨 의미가 있죠?"

당연히 없다.

다음 달? 아니, 내년에 서비스가 종료된다고 해도 지금 팔고 있는 관우의 축복은 전혀 가치가 없는 쓰레기다.

"그거야 모르지."

실제로 모를 일이다. 언제쯤 게임의 서비스가 종료될지, 그건 신만 아는 문제다.

회사에서 일방적으로 종료할 수 있는 형태이기는 하지만, 이 세상에 돈이 되는 게임을 종료하는 회사는 없다.

그런데 언제부터 게임이 망할지 누가 알겠는가?

20년 전에 〈공성전기〉를 시작하면서 이 게임이 과연 20년이나 갈 거라 누가 예상했겠는가?

풀 3D를 넘어서 가상 VR이 가능해지는 시장에서 20년 전 게임이 수익 1위를 차지할 거라고 누가 예상했겠는가?

"그러니까 물어보는 겁니다."

"모른다니까."

"그러니까 언제 종료할지 모른다?"

"그래."

왠지 말리고 있다는 느낌에 최강도는 서늘해졌다.

하지만 그걸 안다고 할 수도 없다.

"그러면 대략적으로라도 말씀해 주시죠."

"대략적으로?"

"네. 5년 안에는 종료할 거라든가, 아니면 30년은 걸릴 거라든가."

"아니, 모른다니까."

"대략적인 것도 말 못 해 준다면, 최소한 언제까지 유지한다는 건 이야기해 주실 수 있죠? 아, 물론 그때 무조건 서비스를 종료하라는 게 아닙니다. 하지만 최소한 보장은 해 주셔야지요. 싼 것도 아니고, 무려 한 달에 1억 5천만 원짜리 상품인데."

"그건…… 난 모르겠다니까."

"그러면 일단은 그렇게 말할까요? 언제 서비스가 종료될지는 불확실하다고?"

"그건……."

확실히 틀린 말은 아니다. 하지만 최강도는 그 말을 들으면서 등골이 서늘했다.

'뭔가 휘말리고 있는 것 같은데.'

그런데 그게 뭔지 그는 알 수가 없었다.

더군다나 이런 질문은 그냥 이메일이나 GM을 통해 해도 되는 거다. 그런데 굳이 노형진이 약속까지 잡고 찾아와서 했다?

'이걸 공식적으로 이야기하겠다는 건데.'

그게 왜 중요한 일일까? 그로서는 이해가 가지 않았다.

단 한 번도 생각해 본 적이 없는 문제이니까.

"일단은 내가 회사 사람들과 이야기해 보고 나중에 답변하겠네."

"알겠습니다."

노형진은 순순히 물러갔다.

하지만 최강도는 몰랐다.

노형진이 찾아온 것 자체가 함정이라는 것을.

"뭐? 당한 거라고?"

회의가 시작되자 법무팀을 이끌고 있던 주 이사가 새파랗게 질려 버린 얼굴로 말했다.

"네. 노형진에게 당한 겁니다. 이 새끼가 오지 못하게 막았어야 했습니다."

"아니, 무슨 소리야? 당한 거라니?"

"만일 우리가 시한을 정하면 아이템의 가치가 떨어집니다."

언젠가는 끝날 게임이다. 영원할 수는 없다. 다만 그걸 사람이 인식하지 못할 뿐이다.

모든 사람들이 언젠가는 죽지만 거의 대부분의 사람들이

죽음 자체를 인식하지 않고 그냥 살아가는 것처럼, 게임도 마찬가지.

게임도 언젠가는 서비스가 종료되지만 그걸 생각하면서 플레이하는 사람은 없다.

"하지만 우리가 그 시간을 언급하는 것만으로도 사람들의 시선이 달라집니다."

언젠가는 끝날 게임이다, 언젠가는 사라질 폴리곤일 뿐이라는 것.

그게 그 순간 티가 팍 나는 거다.

"그렇게 되면 사람들이 거기에 돈 쓸 기분이 나겠습니까?"

"아……."

당연히 그럴 생각이 안 든다.

물론 당장 즐기고 만다는 기분으로 내지르는 사람이 있을 수는 있다. 하지만 그런 사람들이라 해도 과연 수억씩 돈을 꼬라박을까?

그럴 거면 왜 〈공성전기〉를 하겠는가? 게임기 사서 놀지.

"하지만…… 그래도 경쟁이 우리 게임의 핵심 아닙니까? 도태되는 것을 원하는 사람은 없을 텐데요."

누군가가 고개를 갸웃했다.

전략 부서의 이사다. 지금 이 〈공성전기〉 수익 모델을 만든 사람이기도 하다.

그는 경쟁심만 자극하면 유저들은 계속할 거라고 철저하

게 믿고 있었다.

그러나 그런 그의 말에 주 이사는 고개를 흔들었다.

"경쟁은 상대적인 겁니다. 게임 내에서 누군가가 아래를 깔아 주지 않으면 그 경쟁이라는 건 무의미합니다. 〈그랜드홀 M〉에서 못 느꼈습니까?"

그 말에 주변의 공기가 차갑게 식었다.

〈그랜드홀 M〉에 대한 이야기는 한방소프트 내부에서는 금기시되니까.

하지만 이미 결심한 듯 주 이사는 말을 계속 이어 갔다.

"제가 그러지 않았습니까, 처음부터 〈공성전기〉 시스템을 그대로 가지고 가면 신규 유저 자체가 안 들어올 거라고! 그런데 다들 제 말을 무시하고 〈공성전기〉의 결제 시스템을 그대로 적용했지요, 가장 완벽한 시스템이라고. 그래서 결과가 어땠습니까?"

결과는 대폭망이었다.

〈그랜드홀 M〉은 〈공성전기〉처럼 현질을 하지 않으면 플레이 자체가 불가능하다.

어느 정도냐면, 아이템 드롭권을 사지 않으면 몬스터가 아예 아이템을 떨구지 않는다.

심지어 소위 말하는 잡템이나, 당연히 나와야 하는 게임 내의 화폐조차도 떨구지 않는다.

당연히 게임을 제대로 하기 위해서는 아이템 드롭권을 사야 한다.

"그 결과에 대해 말해 보세요."

경쟁 시스템만 되면 된다. 일단 경쟁이 붙으면 다들 미쳐서 돈을 쓸 거라고 이사도, 최강도 역시 그럴 거라 생각했다.

그래서 처음에 무려 서버 열다섯 개를 확보하면서 어마어마하게 들어올 돈을 상상하며 즐거운 비명을 질렀다.

결과? 그 결과가 좋았다면 그 이름이 금기시될 리가 없다.

경쟁은커녕 아예 유저가 거의 없다.

애초에 유료가 아니면 아이템도 안 나오니 경쟁 대상으로 보일 만한 무료 플레이어 유저가 아예 안 들어오고, 그런 유저들이 안 들어오니 경쟁하면서 비교될 이유도 없어서 사람들이 오지도 않게 되었다.

결과적으로 미어터지는 사람들과 서버 대폭발을 기대하면서 열다섯 개 서버를 준비했는데 지금 상황은 서버 고작 세개. 그나마도 대부분 한산한 상태다.

물론 한방소프트 입장에서는 쭉정이들 다 나가고 핵심 유저들만 남아도 그들이 돈만 질러 준다면 상관없다.

하지만 그마저도 안 된다. 경쟁자가 없으니 돈도 안 쓰는거다.

물론 한방소프트는 지속적으로 돈을 써야 하는 아이템을 업데이트 중이지만, 사는 사람은 거의 없었다.

그걸 띄우기 위해 한방소프트가 노력하지 않은 것은 아니다.

홍보도 해 보고, 수익이 몇억이라고 뻥도 쳐 봤다.

하지만 현실은 비참했다.

게임 내 랭킹 3위가 고작 20만 원 썼다고 인터뷰를 한 것.

랭킹 8위는 7만 원 썼다고 아예 인터넷에 인증샷까지 올려 버렸다.

수익이 몇억은커녕, 아무리 아이템을 내놔도 아무도 안 사는 꼴이 된 것이다.

물론 그렇다고 해서 〈그랜드홀 M〉 자체가 게임 랭킹에서 한때나마 수익 1위를 찍은 것이 거짓말은 아니다. 랭킹을 정하는 회사가 딱히 밀어줄 이유도 없고 말이다.

그런 경우는 보통 게임 개인 방송인을 동원하여 유튭 방송을 통해 미친 듯이 현질하는 모습을 보여 줘서 순위가 단시간 동안 올라간 거다.

당연히 그 돈을 개인 방송인이 낼 리는 없다. 그때는 수십만 원이 아니라 수억씩 질러 대니까.

회사에서 밀어주는 거고, 그걸 통해 아이템이 나오는 모습을 보여 주고 순위가 올라가는 걸 보여 줘서 홍보하는 거다.

당연히 그게 딱 끝나기 무섭게 순위가 바닥을 친 게 현재 〈그랜드홀 M〉의 현실이었다.

"그런데 그때 배운 게 없습니까?"

"아니, 경쟁이랑 무슨 관계가 있다고?"

여전히 이해하지 못하는 대다수의 사람들. 그리고 그중에는 최강도도 있었다.

자신에게 게임을 언제 종료할지를 물어본 게 왜 문제란 말인가?

"회장님, 게임이 끝난다고 하면 사람들이 돈을 쓰겠습니까?"

"응?"

"누구도 끝을 인식한 게임에 돈을 쓰지는 않습니다."

노력이라는 것도 끝을 인식할 수 없을 때 가능한 거다.

아무리 돈을 꼬라박아도 '5년 후에 게임은 종료됩니다.'라고 공지해 버리면 사람들은 게임을 하면서도 '씨바, 5년 후에는 어차피 볼일 없는 게임에 내가 왜 돈을 쓰고 있나.'라고 생각하기 시작한다.

그러면 자연스럽게 그 돈을 쓰기를 주저하게 된다.

물론 완벽하게 돈을 안 쓰지는 않을 것이다.

하지만 1억 쓸 걸 5천, 아니 천만 원밖에 쓰지 않을 것이다.

"당연히 그러다 보면 유저 수도 줄고 경쟁도 줄어들 겁니다."

5년 후에 끝날 게임이라고 못 박아 버리면 당연히 유저들 중 일부는 이탈할 테고, 경쟁자들이 점점 줄어들면 자연스럽게 경쟁도 널널해진다.

"아래에서 깔려 줘야 하는 사람들이 한 달에 1억씩 쓰는 판국입니다. 그런데 만약 그 사람들이 한 달에 천만 원 쓰면 어떻게 되겠습니까?"

그동안 10억씩 꼬라박으면서 랭킹을 유지해 왔던 사람들은 굳이 그렇게 돈을 꼬라박아서 랭킹을 유지할 이유가 없게 된다.

당장 1억 정도만 써도 랭킹 1위를 할 수 있게 되니까.

"헉!"

그제야 이 종결 시점을 언급한 게 얼마나 심각한 문제인지 알아차린 일부가 자신도 모르게 다급한 숨을 들이켰다.

하지만 정작 최강도는 전혀 이해가 가지 않는다는 듯 되물을 수밖에 없었다.

어느 순간 자신들이 정해 놓은 도박 말고는 생각조차도 못하게 된 그의 한계였다.

"이해가 안 가는데. 왜? 더 좋은 사냥터를 가려면 더 좋은 장비가 필요한데?"

"애초에 더 좋은 사냥터가 없는 것도 아니지 않습니까?"

설정상 최고 레벨이 100이다. 당연히 그들을 위한 사냥터도 있다.

하지만 그곳에서는 아직까지 제대로 된 사냥이 힘들다.

물론 최고위 랭커라면 물약을 빨아 가면서 버틸 수 있겠지만, 그러기에는 현실적으로 여러 가지 문제가 많다.

가장 큰 문제는 가성비가 안 맞는다는 거다.

물약 하나 빨아야 그나마 몬스터 하나 잡을 수 있는 꼴인데, 물약도 유료 아이템인 〈공성전기〉에서 돈을 그렇게 허공에 날려 버리는 걸 좋아하는 사람은 없다.

"어차피 사냥 못 하는 공간은 언제 어떻게든 존재합니다. 조만간 레벨 제한을 풀고 상위 전직 클래스를 발표할 예정이었습니다. 그런 상황에서 굳이 그렇게 버둥거릴 이유는 없지요."

당장도 사냥 못 하는 곳에서 돈을 버려 봐야 바뀌는 게 없으니까.

"으……."

그제야 최강도도 슬슬 뭐가 문제인지 알 것 같았다.

종료 시기가 특정되었다는 것.

그건 하위 계층의 사람들에게 게임에서 정 떨어지게 하는 효과를 발휘한다는 거다.

그리고 정이 떨어지는 순간 사람들은 돈을 안 쓴다.

이후 그건 필연적으로 경쟁의 약화를 불러온다.

30만 원만 써도 랭킹 1위 하는 게임에서 30억을 쓰는 미친 놈은 없다.

"하지만 그런 거야 게임을 오래 유지한다고 하면 될 문제 아닌가?"

"하지만 그건…… 우리에게 책임이 물릴 수 있습니다."

"뭔 소리야?"

"구두계약도 효과를 발휘합니다, 회장님."

가령 회사에서 '이 게임을 30년은 유지하겠습니다.'라고 해 버리면 그건 회사의 공식적인 발언이다.

계약까지는 아니라고 하더라도, 그 책임 문제가 발생할 여지가 있다는 거다.

"가령 30년 유지하겠다고 했는데 그 기간을 유지 못 한다면 우리는 약속한 상품의 가치를 유지하지 못한 게 됩니다."

30년간 게임을 유지하겠다고 약속해서 믿고 수억짜리 아이템이나 기타 강화 상품을 구입했는데, 한 5년쯤 지나서 갑자기 '수익도 별로 안 나니까 그냥 게임 종료하겠습니다. 바이바이.'라고 해 버리면 유저는 '아니 시바, 게임 30년 유지한다고 해서 믿고 질렀는데 꼴랑 5년 만에 서비스를 종료해? 돈 돌려줘!'라고 요구할 수 있다는 거다.

물론 5년 전에 산 상품에 관해서는 그런 책임이 덜하겠지만 1년 이내에 산 게임에 대해서는 말이 많을 것이다.

그리고 〈공성전기〉의 수익을 보면 매년 수익이 수천억이다. 줄었다곤 해도 적잖이 질러 댈 거다.

"우리는 기업이고 고정비라는 게 있습니다."

당연히 돈을 벌어서 직원들 월급 주고 장비 고치고 서버비 주는 등등에 써야 하는데 약속을 안 지켰으니까 토해 내라고 해 버리면 그만큼 회사의 수익이 떨어지게 된다. 그것도 아주 심각하게.

"쉽게 말해서, 그렇게 되면 지금 중국에서 벌어지는 일이 한국에서도 벌어지게 된다는 겁니다."

그 말에 최강도의 눈동자가 흔들렸다.

안 그래도 중국에서 돈을 돌려 달라는 소송이 빗발치고 있어서 회사에서 고민이 이만저만이 아니었다.

물론 중국의 판결인 만큼 한국에서 지킬 필요는 없다.

하지만 만일 안 준다면? 당연히 중국의 모든 자산을 털릴 게 뻔하다.

그리고 그걸 안 준 이상 한방소프트의 중국 진출은 물 건너간 것이나 마찬가지다.

그들이 건 소송 상대방은 〈공성전기〉가 아니라 한방소프트니까.

당연히 한방소프트가 중국에서 수익을 내면 그걸 모조리 가지고 가는 형태가 되어 버린다.

그러면 한방소프트는 둘 중 하나를 선택해야 한다.

수익을 모조리 상납하는 대신에 중국 시장의 가능성을 기대할 것인가, 아니면 영원히 중국 시장을 포기할 것인가.

"이런 개 같은……."

최강도는 이를 뿌드득 갈았다.

자신을 찾아온 행동 자체가 함정이라고 과연 누가 예상이나 했겠는가?

하지만 노형진은 이미 찾아왔고, 또한 공식적으로 답변을 요청하는 내용증명까지 발송했다.

"답변을 안 하면 안 되나?"

주 이사에게 다급하게 묻는 최강도.

그런 그의 질문에 주 이사는 고개를 흔들었다.

"그러면 그걸로 또 언론 플레이를 할 겁니다. 아마도 크게 한탕 하고 튀려는 게 아니냐고 의혹을 제기하겠죠."

문제는 그게 사실이라는 거다.

어차피 게임은 이미 20년이나 되었고 이제 슬슬 이탈이 이루어지는 시점.

수명이 끝나 가는 〈공성전기〉에서 최대한 뽑아 먹으려고 하는 상황이었다.

아예 망한 게임이라면 모르지만 〈공성전기〉는 최대한 해 먹으려고 한다면 그만큼 뽑아 먹을 수 있는 게임이니까.

"그러면? 우리는?"

"뭘 선택해도 반격이 쉽지 않습니다."

시기를 짧게 잡으면 당장 정 떨어질 테고, 길게 잡으면 추후에 하나의 계약이 되어 강제성을 띨 테고, 그렇다고 대꾸를 안 하면 여론 선동용으로 사용될 게 뻔하다.

"이런 미친."

최강도는 정신이 아득해졌다.

가불기라는 말이 있다.

어떤 식으로도 막을 수 없다는 건데, 이게 가불기가 아니면 뭐겠나?

"그나마 최선은 최대한 길게 잡든가 아니면 무시하는 겁니다만……."

주 이사는 현실적인 대안을 제시했다.

"하지만 길게 잡는 것도 저는 추천하지 않습니다."

"어째서? 한 30년, 아니 한 50년 이상 끌면 되잖아?"

30년? 10년만 지나도 사람들은 기억도 못 할 거다.

물론 새론이야 자기들 사건이니까 지금 요구하는 거지만, 보관 기간이 지난 서류들은 파기하는 게 법률계니까.

"그리고 그게 딱히 구두계약이라고 보기는 힘들지 않나? 그냥 예정을 발표하는 거니까."

물론 주 이사의 말대로 그걸로 왜 더 빨리 종료했느냐고 태클 걸 놈들이 있겠지만 그동안 빨아먹은 돈에 비하면 티끌도 안 될 것이다.

"그게 문제가 아닙니다. 이건 우리가 무슨 답변을 하든 새론에서 계획적으로 사람들에게 게임이 종료될 거라는 걸 인식시키기 위한 행동이니까요."

"게임 종료?"

"인식하지 못하는 것과 인식하는 것은 전혀 다른 문제입니다, 회장님."

게임 종료 시점이 언급되기 시작하면 당연히 사람들은 이를 인식할 수밖에 없다.

더군다나 이 게임은 출시 이후 이미 20년이나 되었다. 즉, 누구도 말하지 않고 있을 뿐이지 게임 자체가 오래갈 거라고 예상하지는 않는다는 거다.

　더군다나 게임의 특성상 신규 유저 자체가 아예 거의 없다시피 한 상황이니까.

　"이런 빌어먹을."

　최강도는 이를 뿌드득 갈았다.

　"역시 이럴 줄 알았지요."

　"대꾸를 안 하는군."

　"뭐라고 할 이유는 없지요. 뭘 해도 손해라는 걸 알 테니까요."

　김성식은 아무런 대꾸도 없는 한방소프트를 보면서 혀를 끌끌 찼다.

　"애초에 내용증명이라고 해서 강제력이 있는 것도 아니고요."

　내용증명은 공식적인 답변이라는 거지 답변을 강제할 수 있는 힘 같은 건 없다.

　"그러니까 그냥 무시하는 선택을 할 거라 예상했습니다."

　"뭐, 그쪽 법무팀이 바보는 아니니까."

의외로 한방소프트의 법무팀은 일 잘하기로 소문났다.

그럴 만한 게, 의외로 한방소프트는 유저와 분쟁이 잦은 회사이기 때문이다.

하긴, 한 달에 수십억씩 쓰는 사람들이 인내심이 있으리라고 보기는 힘드니까.

당연히 그들은 다양한 변호사들과 온갖 소송을 해 봤을 것이다.

"그래 봤자 자네한테는 안되는걸, 하하하."

"뭐, 과찬의 말씀이십니다."

노형진은 김성식의 말에 씩 하고 웃었다.

"그러면 이제 다음 일을 시작하도록 하지요."

"언론 플레이 말이지?"

"네. 과연 어떻게 나오는지 두고 볼 시간입니다."

얼마 후 새론은 언론을 통해 한방소프트의 〈공성전기〉에 대한 발표를 했다.

─의뢰인들은 최소한 안전하게 게임을 플레이할 수 있는 기회를 잡고 싶은 것뿐입니다. 하지만 한방소프트에서 무리하게 유료 아이템을 판매하면서, 이미 한방소프트가 털어 먹고 서비스를 종료하려

는 것이 아니냐는 질문이 나오고 있습니다. 무려 한 달에 1억 5천만 원짜리에 중복 구매가 가능한 상품입니다. 그렇다면 당연히 그걸 구입하기 전에 해당 서비스의 지원 여부를 확인해야 하지 않겠습니까? 그런데 그러한 행위가 사전에 없었으니, 한방소프트에서 이제 몰락 단계에 들어간 〈공성전기〉를 이용해서 돈을 빼먹고 서버를 종료하려는 것이 아닌가 하는 의구심이 듭니다. 그래서 이에 대한 답변을 요구했습니다만, 어째서인지 한방소프트는 그것에 대한 답변을 거부했습니다.

새론의 기자회견에, 안 그래도 안 좋았던 한방소프트에 대한 여론은 나락으로 떨어졌다.

상식적으로 하루에 500만 원씩 돈을 쓰도록 사실상 강제하는 게임을 사람들이 좋아할 리가 없다.

물론 한방소프트는, 〈공성전기〉를 즐기는 유저들의 생각은 다를 거라 믿었다.

하지만 그들의 믿음은 조금씩 갈라지고 있었다.

"어이, 규 사장. 어떻게 생각해?"

"뭘?"

성남 라이온스클럽.

원래 라이온스클럽은 자원봉사 단체였지만 한국에서는 부자들의 모임쯤 되는 집단으로 변질된 지 오래였다.

그나마도 그들 사이에서 〈공성전기〉라는 게임이 유행하면서 게임 내 동네 길드가 되어 버렸다.

"〈공성전기〉 말이야."

"음? 그게 왜?"

"슬슬 접어야 하는 게 아닌가 해서."

"〈공성전기〉를? 뜬금없이?"

"아니, 지금 돌아가는 꼴이, 슬슬 〈공성전기〉를 끝내려는 분위기라서 말이지."

"하긴, 요즘 좀 무리한다 싶지?"

하루에 500만 원.

자신들에게는 그다지 부담되지 않는 돈이기는 하다.

하지만 그렇다고 해서 결코 기분 좋게 지를 돈인 것도 아니다.

"아니, 사냥터에서 하루에 500만 원씩 질렀던 게 다 뭔가 싶더라고. 슬슬 〈공성전기〉도 끝물이지 싶고."

"하긴, 그건 그래."

규 사장은 먼저 말을 건 박 사장의 말에 고개를 끄덕거렸다.

"10년 전 게임이니까 뭐 딱히 화려하다는 느낌도 없고."

"10년? 예끼, 이 사람아. 20년이야, 20년."

"벌써? 아이고, 우리도 늙었네."

"그러니까."

40대에 시작해서 20년.

고생이라고는 안 해 보고 살아온 그들조차도 세월의 무상함을 느낄 정도로 오랜 시간이었다.

"요새 하는 짓거리 보니까 꼴이 오래가지 못할 것 같아."

한방소프트가 간과한 것. 그건 유저들의 오랜 삶의 경험이었다.

종료를 언급하지 않는다고 할지라도 유저들은 수십 년 동안 수많은 게임들을 봐 왔기에 그 흥망성쇠를 알고 있었다.

"그리고 요즘 화려한 게임들이 어디 한두 개야?"

"하긴."

규 사장은 고개를 끄덕거렸다.

그도 게임을 하는 사람으로서 자신이 하는 게임과 아들이 하는 게임을 비교해 보면 이게 뭔 짓인가 싶었다.

게임기를 이용하는 아들의 화면은 이루 말할 수 없이 화려하다. 그것만 아니라 여러 가지 장르도 있고 취향대로 할 수도 있다.

그에 비해 자신들은?

전용 컴퓨터에 오토 프로그램을 깔아서 돌려 두는 게 끝.

아무런 임팩트도 없는 게임 화면이고 모션조차도 허접하기 그지없다.

어느 정도로 개판이냐면, 설명에 따르면 한 번에 화살을 세 발씩, 세 번을 연달아 쏴서 총 아홉 발을 날린다고 되어 있는 스킬이 있다. 그렇다면 매 모션마다 화살을 세 발씩 날려야 하는데 두 번째와 세 번째 모션은 화살이 하나뿐이다.

첫 번째는 정상인데 두 번째, 세 번째 모션은 비정상이라는 거다.

세 발을 한 번에 쏘는 모션이 없는 것도 아닌데 두 번째, 세 번째는 그냥 일반 공격 모션을 가져다 붙인 거다.

더 웃긴 건 그 모션이 20년째 그대로라는 거다.

수십 년 동안 회사도 모르고, 유저들도 오토를 돌려 두기 때문에 인식을 못 한 거다.

그마저도 직접 알아낸 게 아니라 그의 아들이 알아낸 것이었다.

우연히 보고는 뭔 모션이 이렇게 개판이냐고 말이다.

"20년이라……."

20년 동안 못해도 40억은 꼬라박은 게임.

40억이 뭔가? 서울 시내 빌딩 한 채 값쯤은 들이부었을 거다.

그런데 자신마저도 보지 않고 있었다는 생각이 들자 갑자기 회의감이 들었다.

새론의 말마따나 자신들이 한 게 게임인지 도박인지 알 수가 없었다.

물론 오토를 돌리는 게임이 한두 개가 아니니 그에 대해 크게 불만이 있는 건 아니었다.

"하지만 돈 아깝지 않아? 솔직히 우리가 살날이 얼마나 남았다고."

"하지만 그래도 인맥이라는 게 있잖아. 거 솔직히 그 정도 되는 인맥을 어디서 구해?"

"인맥이라……. 글쎄. 길드원 전화번호 다 있잖아?"

"음…… 그렇지?"

"그런데 뭘 굳이 게임에서 해? 더군다나 이 나이 먹고 또 누굴 새로 만나, 귀찮게? 애초에 거기에 새로운 사람도 없잖아."

"하긴, 만나서 놀면 뭐, 들어 봐야 얼마나 들겠어."

"그러니까."

두 사람은 게임의 종결이라는 걸 인식하는 순간 점점 자신들의 감정이 왠지 차갑게 식고 있다는 걸 느꼈다.

"전에 인터넷에서 본 말이 있는데."

"무슨 말인데?"

"어쩌다 본 건데…… 차라리 낚시를 하라고."

"낚시?"

"그래. 바다가 주는 가챠잖아."

"바다가 주는 가챠라……."

심지어 확률조차도 〈공성전기〉에 비하면 완전 개혜자고 잡으면 스트레스라도 풀린다고, 〈공성전기〉보다 낚시가 백 배는 나은 선택이라는 거다.

"낚시, 좋지. 흠…… 한번 갈까?"

"뜬금없이?"

이것이 삶이다

"나도 한번 배워 볼까 하고. 안 그래도 요즘 요트 하나 살까 생각 중이었거든."

두 사람의 대화는 이 시각 거의 모든 유저들의 마음을 나타내고 있었다.

⚖

결국 한방소프트는 답변을 할 수밖에 없었다.

당장 매출이 눈에 띄게 줄어드는 게 보이는 상황이니 어쩔수가 없었다.

답변을 안 하면 진짜로 망하게 생겼으니까.

–저희 한방소프트는 〈공성전기〉를 최소 30년은 운영할 생각입니다.

하지만 이미 늦은 답변이었다.

원래 세뇌는 풀기가 어려울 뿐 그 이후는 엄청 빠르다.

당연히 세뇌가 풀리기 시작하자 사람들 사이에 이게 뭔 짓인가 하는 생각이 강하게 퍼져 갔다.

그러자 주변에서 그딴 게임에 돈 쓰는 거 아니라고 조언해도 안 듣던 사람들은 회의감을 느끼기 시작했다.

"이게 무슨……. 매출이 20%가 줄어?"

"네."

"단 며칠 사이에?"

"네······."

"······."

중국 시장이 날아가고 한국에서의 매출도 날아갔다.

주가는 서킷 브레이크가 시작되었고 주주들은 팔자를 외치고 있다.

'이건 악몽이야.'

이럴 수가 없다.

〈공성전기〉는 완벽한 게임이다. 누구도 범접하지 못하는 완벽을 이루어 낸 게임이다.

그런 〈공성전기〉가 망한다?

그건 불가능하다고 믿고 싶었다.

하지만 하루가 멀다 하고 가파르게 떨어지는 매출을 보고 있자면 심장이 벌렁거렸다.

물론 그렇다고 해서 당장 망할 정도는 아니다.

현타를 느끼고 이탈하는 사람들도 있지만, 경쟁에 미쳐서 돈 없는 루저 새끼들이나 빠져나가는 거라며 여전히 미친 듯이 돈을 쓰는 사람들도 있으니까.

하지만 빠져나가는 사람들의 숫자도 적지 않고 그 금액도 적지 않았다.

〈공성전기〉야 워낙 큰손만 남아서 유저들이 개돼지로 보이는 거지, 대부분의 게임사들은 큰손 한 명이 닷새 이상 접속하지 않으면 회사가 발칵 뒤집어진다.

그만큼 게임 회사들은 큰손들에게 수익을 절대적으로 기대고 있다.

'이럴 수는 없어…… 이럴 수는.'

최강도는 애써 심호흡했다.

무너지지 않으리라고, 어떻게든 버티겠노라고 결심하면서.

"일단 아이템 상품권을 뿌려. 다섯 장. 아니, 열 장. 아니야, 아니야! 스무 장 뿌려, 스무 장."

"스무 장요?"

"그래! 위기 아냐! 그 정도 손실은 감수해야지."

사실 손실이라고 볼 수도 없다.

아이템 상품권 스무 장이라고 해 봐야 결국 확률제 아이템이고, 안 그래도 낮은 확률로 설정된 게임 내 아이템을 상품권으로 얻을 경우 훨씬 더 낮은 확률로 나오도록 조작해 놨으니까.

"하지만 유저들이 알 게 뭐야? 어차피 그 새끼들은 개돼지들이야."

상품권을 뿌리면 분명 좋다고 시시덕거리면서 올 것이다.

"솔직히 우리가 이런 문제 어디 한두 번 겪어 봤어? 어? 안 그러냐고."

게임 내에서 도박 이야기가 나온 지가 10년이 넘었다.

그 모든 걸 이겨 낸 최강도다.

"이번에도 이겨 낼 수 있어. 일단 아이템 상품권을 뿌리고 광고도 더 늘리고."

언제나처럼 대응하려고 하는 그때, '삑' 소리와 함께 비서의 목소리가 들려왔다.

-회장님, 주 이사님 오셨습니다.

"주 이사가? 그래, 들어오라고 해."

노형진의 공격을 막기 위해 주 이사와 법무팀은 며칠째 밤을 새우고 있는 상황.

혹시나 좋은 생각이 난 건 아닐까 싶어 그는 서둘러서 주 이사를 들어오라고 했다.

"오, 주 이사. 그래, 뭐 좋은 방법이라도 생각났나?"

"아직은 아닙니다. 죄송합니다, 회장님."

주 이사의 말에 최강도는 눈을 찡그렸다.

"아니, 그러면 왜 온 거야? 어? 내가 해결책을 만들어 낼 때까지 오지 말라고 했지?"

"보고해야 할 사항이 있어서 왔습니다, 회장님. 중요한 건수입니다."

"중요한 건수?"

"네. 중국의 판호에 대한 이야기입니다."

그 말에 최강도의 얼굴이 굳어졌다.

중국 판호. 안 그래도 그걸 지키기 위해 몸부림치고 있는 상황이었다.

일단 판호가 중지된 상태라 게임 서비스를 할 수가 없었다.

그나마 심사가 끝나서 서비스가 가능하게 된다면 수익을 보전할 수 있게 된다. 그리고 손실도 메꿀 방법이 있다.

중국은 더럽게 크고 더럽게 돈이 많으니까.

"설마? 판호가 취소된 건가?"

사실 다들 그렇게 예상하고 있는 상황이었다.

판호가 취소될 거라고.

워낙 중국에서 도박 문제가 크게 터졌기 때문이다.

"그게……."

주 이사는 잠깐 침묵을 지키더니 '후' 하고 긴 한숨을 내쉬고는 결과를 이야기했다.

"결론적으로 말씀드리면 조건부 유지 허가가 났습니다."

"조건부 유지? 벌금 차원에서 돈이라도 내라는 거야? 뭐, 그런 거라면 좀 내고 유지해야지."

"그게 아닙니다. 어떻게 보면…… 판호 취소보다 더 안 좋은 결과입니다."

"무슨 소리야, 그게? 어떻게 판호 취소보다 안 좋은 일이 있을 수가 있어?"

"판호 유지의 조건이……."

이어지는 말을 들은 최강도는 정신이 아득해졌다.

복수와 보복은 다르다

판호. 중국에서 게임을 서비스할 수 있는 판매 허가.
그리고 〈공성전기〉의 판매 허가 갱신 조건은 다음과 같았다.

　다음과 같은 조건으로 한방소프트의 판호를 재승인 한다.
　1. 모든 게임 내 아이템의 확률은 1% 이하일 수 없다.
　2. 모든 게임 내 아이템의 확률은 누적제를 적용한다.
　3. 모든 게임 내 아이템의 확률 로그를 매달 공개해야 한다. 그
과정에서 당에서 파견한 전문가가 로그를 확인한다.

중화인민공화국 판호관리위원회

노형진은 흡족한 얼굴로 결정서를 바라보았다.

사실 이건 노형진이 원하는 대로였다.

다만 그 결정서를 보고 고한병은 떨떠름한 얼굴이 되었다.

"복수가 실패했네요."

"네? 무슨 말씀이십니까?"

"중국에서 판호를 다시 허가해 주지 않았습니까? 그러면 뭐, 결국 다시 성장한다는 거 아닌가요?"

고한병의 말에 노형진은 크게 웃었다.

"하하하하!"

"아니, 왜 웃으세요? 복수치고는 살짝 미흡한 것 같은데."

"아니요. 그냥, 그렇게 보일 수도 있겠다 싶어서요."

"그럼 그게 아니라고요?"

"네, 아닙니다. 이건 복수의 과정입니다. 아직 안 끝났어요."

"네? 하지만 중국 시장을 날려 버린다고 하지 않으셨습니까?"

"복수해 드린다고 했지 중국 시장을 날려 버린다고는 한 적 없습니다."

물론 중국 시장을 날려 버리면 실로 어마어마하게 치명적인 문제이기는 하다. 하지만 그렇다고 해서 흡족한 복수가 될까?

"애석하게도 아니에요. 그건 복수라기보다는 보복이죠."

"복수나 보복이나, 같은 거 아닙니까?"

"아니요. 다릅니다. 최소한 저한테는요."

노형진이 생각하는 보복은 자신이 입은 피해만큼 상대방에게 피해를 주는 것이다.

하지만 노형진은 보복을 원하지는 않는다.

"보복은 말입니다, 필연적으로 또 다른 보복을 불러일으킵니다. 복수는 복수를 낳는다고 하죠? 저는 그렇게 생각하지 않습니다. 복수가 제대로 안 되니까 복수가 다시 시작되는 거죠."

최강도는 돈이 있는 부자다. 한국에서도 재벌로 통한다.

지금은 기업을 지키느라고 정신이 없지만 과연 그게 끝난 후에 그가 '아, 내가 인생 잘못 살았구나.'라고 깨닫고 반성하고 제대로 게임을 서비스할까?

"그럴 리가 없죠."

이런 타입은 분명 '감히 날 건드려? 죽여 버리겠다.'라면서 상대방에게 다시 복수하려고 한다.

"판호 종료로 일이 끝나면 그건 복수가 아니라 보복입니다. 그리고 반격당하겠죠."

"그럼 복수는요?"

"복수는 상대방이 재기하지 못하도록 확실하게 못 박아 버리는 겁니다."

다시는 일어나지 못하도록, 그래서 자신에게 피해가 오지 않도록 하는 것. 그게 바로 복수다.

"어설프게 보복하다가는 도리어 골로 갑니다. 포기하고

손대지 않았다면 모를까, 일단 손댄 이상 확실하게 복수해야 합니다. 아니면 의뢰인들이 위험해집니다."

물론 노형진을 건드리지는 못할 거다. 하지만 그래도 의뢰인들이 한두 명도 아니고, 새론에서 영원히 그들을 보호할 수는 없다.

"음…… 그래도 이해가 안 가는데요. 이게 무슨 복수가 됩니까? 중국에서 결국 게임이 서비스되는 건데."

"가치의 문제죠. 쉽게 말해서 전 한방소프트에 선택의 함정을 준 겁니다."

"선택의 함정?"

"중국은 매력적인 땅이지요. 어마어마한 규모를 자랑합니다."

기업들이 죄다 중국에 목매는 이유는 단순히 인건비가 싸기 때문만이 아니다.

중국은 어마어마한 규모의 시장이다.

전 인류의 4분의 1이 사는 단일 시장이라니, 이걸 과연 그 누가 포기할 수 있을까?

"문제는 그걸 한방소프트도 알고 있다는 거죠."

한방소프트도 그 사실을 잘 알고 있고 절대 포기 못 한다.

할 수가 없다.

저 조건을 거부하면 결국 자발적으로 판호를 반납하는 꼴이 되는 건데, 그런 경우에 다른 게임들이 과연 판호를 받을 수 있을까? 저걸 거부한다는 건 결국 공산당의 결정을 거부하는 건데?

"지금 한방소프트는 어떤 선택도 할 수가 없는 상황이 된 거죠."

중국 공산당의 심기를 거스르고 중국 시장을 포기할 것이냐, 아니면 얌전히 조건을 받아들일 것이냐.

"그런데 여기서 문제가 생기죠. 공산당이 내민 조건, 아니 제가 내민 조건 말입니다."

최저 확률 1%. 더군다나 누적제를 적용해야 한다.

그 말은 실패할 때마다 못해도 1%씩 확률이 올라가야 한다는 거다.

"산술적으로 본다면 백 번 돌리면 그중 한 번은 꼭 원하는 아이템이 나와야 한다는 거죠."

그동안 터무니없는 0.0000×대의 확률로 장난치던 한방소프트 입장에서는 난리가 난 거다.

"하긴, 그것만 해도 수익이 엄청 줄어들겠네요."

"그것보다 더 심하죠. 쇼핑이 가능해지니까."

한 개에 10만 원이라고 해도, 1%의 확률이면 최대 천만 원만 들이면 뽑을 수 있다. 아이템 하나 뽑기 위해 수억씩 퍼붓던 것에 비하면 터무니없이 낮은 비율인 거다.

당연히 이 정도면, 과거에 비하면 쇼핑이라고 표현해도 될 것이다.

"그것 때문에 결정적으로 경쟁심이 저하될 겁니다."

확률이 낮다는 것. 그건 동시에 낮은 확률을 이겨 낸 사람이 승리자가 된다는 걸 의미한다.

경쟁이란 그런 거다.

"하지만 확률 1%를 기존 고객들의 자금력을 기준으로 판단해 보면 이건 뭐 개나 소나 다 최강템으로 도배할 수 있다는 소리이기도 하니까요."

결과적으로 모두가 비슷한 수준이 되어 버리면 경쟁에 미쳐 버린 사람들 입장에서는 어이가 없는 일이 되어 버린다.

"하긴, 〈공성전기〉는 뭐 피지컬 싸움을 하는 게임이 아니니까."

스킬을 복잡하게 써야 하거나 사방으로 뛰어다니면서 회피를 해야 하거나 하는 게 아니라 딱 붙어서 스킬을 마구 쓰기만 하면 되는 그런 유의 게임이다.

그러다 보니 오로지 스펙이 전부였다.

장비만 좋으면 클래스와 상관없이 상대방을 처바를 수 있는 것이다.

하지만 이제 그게 안 된다면?

"유저들이 많이 떠나기는 하겠네요."

고한병은 말하면서도 고개를 갸웃했다.

"그래도 중국 시장이 무시할 정도는 아닌데."

"압니다. 무시할 정도는 아니죠. 티끌 모아 태산이라는 말이 있듯이 말입니다."

다만 〈공성전기〉는 너무 오래된 게임이라 그 티끌이 되어 줄 신규 유저의 유입은 전혀 없을 테지만.

"그런데 뭐가 이게 복수의 핵심이라는 겁니까?"

"기본적으로 중국에서 그 규칙대로 운영하게 된다면 당연히 한국에서 말이 나올 겁니다."

"한국에서요?"

"네. 공정성이란 그런 거니까요."

한국에서는 아이템당 확률이 0.00001% 이하인데 중국에서는 1%라면, 한국에서 게임을 하는 당사자 입장에서는 얼마나 황당하겠는가?

"만일 중국에서 판호가 취소된다면 어떻게 되겠습니까? 지금 벌어지는 꼴을 보면 충분히 예상 가능하실 텐데요."

"아!"

분명 한방소프트는 어떻게 해서든 한국에서 쥐어짜서 그 손해를 메꾸려고 할 게 뻔하다.

실제로 관우의 축복 역시 그런 목적으로 만들어진 아이템이니까.

"그럴 거면 차라리 한국에 몰빵 하겠지요. 하지만 저는 지금 판호라는 작은 희망을 준 겁니다."

저들의 조건을 받아들이면 판호는 열린다. 그리고 판호가 열리면, 일단 중국이라는 거대한 시장을 잃어버리지 않아도 된다.

"하지만 조건이 엄청 빡센데요."

"한방소프트가 중국에서 서비스하는 게임은 〈공성전기〉 뿐만이 아니니까요."

당연히 다른 게임도 있다.

그리고 여기서 공산당에 밉보이면 그 게임들 역시 모조리 판호가 취소될 거다.

"그들이 소송한 건 〈공성전기〉지, 다른 게임은 아니거든요."

물론 미래에 할 수는 있지만 그래도 다른 게임들에서 나오는 수익도 절대 무시할 수 없다.

그리고 게임이라는 게 모조리 도박으로만 돈을 벌 수 있는 것도 아니다.

중국에서 매년 수조 원의 돈을 벌어들이는 〈시티 워리어즈〉는 시가전을 배경으로 한 게임이다.

그런데 이 〈시티 워리어즈〉는 게임 플레이 자체는 공짜고, 그 안에서 판매되는 모든 상품은 게임 플레이와는 아무런 영향이 없는 소위 코디 아이템이다. 그럼에도 지난해 중국에서 벌어들인 수익이 3조 원이다.

"한방소프트는 새로운 게임을 개발 못하는 게 아닙니다. 안 하는 거지."

도박이 더 쉽고, 중독성 있고, 큰돈을 벌 수 있으니까.

하지만 그럴 상황이 안 된다면?

아이러니하게도 한국에서 게임을 가장 잘 만들 수 있는 곳이 한방소프트다. 인원도 엄청나게 많고 장비도 제일 좋으니까.

"당연히 중국의 조건을 받아들일 겁니다. 그런 게임이 나오면 중국에서 팔아야 하니까."

'하지만 턱도 없지.'

몇 년 후면 중국에서 아예 게임 자체를 거의 불법화시키고 판호를 완전히 막아 버린다. 그것도 자국산 게임까지 말이다.

당장 게임 개발을 시작한다고 해도, 절대 그 이전에 들어가지 못한다.

"그러니까 저 조건을 받아들일 테고, 그걸 보고 한국의 유저들은 들고일어날 겁니다. 그러면 주가가 대폭락하겠지요."

물론 지금도 주가가 많이 떨어지긴 하지만 그래도 판호가 닫히지는 않을 거라는 작은 기대감이 주가를 지키고 있다.

"하지만 어떤 선택을 하든 주가는 폭락합니다. 때때로 확실성이라는 것이 문제가 되는 경우도 있거든요."

중국에서 돈 벌기는 글러 먹었다.

그렇게 1% 확률로 아이템을 팔아서 어느 세월에 소송 중인 돈을 돌려줄지도 알 수 없는 일이다.

그런데 한국에서 빨아먹으려고 하던 것까지 그걸로 인해 막힌다면?

그렇다고 조건을 안 받아들인다?

당연히 중국 판호는 닫히는 거고, 진출은 영원히 불가능해진다.

중국 공산당이 그렇게 착한 집단은 아니라서 자기들의 조건을 거부하는 작자들에게 자비로운 사람들이 아니니까.

물론 한국에서 최후까지 빨아먹으려고 확률 장난 중이지만 이미 소문난 상태라 유저층이 빠르게 빠지고 있는 상황.

"헐, 무섭군요. 저는 단순히 판호만 닫으려고 그러시는 줄 알았는데."

그제야 고한병은 혀를 내둘렀다. 전혀 예상하지 못한 계획이었으니까.

"그리고 그때가 복수가 완성되는 시점입니다, 후후후."

⚖️

결국 한방소프트는 중국의 제안을 받아들일 수밖에 없었다.

해당 뉴스는 빠르게 퍼졌다.

노형진이 언론을 통해 공개했고, 당연히 유저들은 발끈하고 일어났다.

-씨팔. 중국은 최저 확률이 1%인데 우리는 0.00001도 안 되냐?

-내수 차별 쩌네, 진짜.

-원래 내수 차별이야 한국 기업들 종특 아님?

-야, 씨발. 내가 〈공성전기〉만 20년 했거든. 더러워서 접는다. 중국인만 사람이냐?

-인증합니다. 매달 1억씩 쓰던 유저였는데요. 이건 아닌 듯. 접습니다.

-계정 팝니다. 80억 썼는데 30억에 넘겨요.

자존심이라는 것은 단순히 게임 내부에서만 존재하는 게 아니다. 당연히 게임 외부에서도 존재한다.

그리고 중국과 한국은 사이가 안 좋기로 소문나 있다.

그런 상황에서 중국 공산당의 결정을 한방소프트가 받아들이자 당연히 한국의 유저들은 난리가 났다.

우리는 개돼지가 되지 않는다. 우리는 유저가 될 것이다

신문을 보던 최강도는 기가 막혔다.

방금 본 글은 누가 쓴 댓글이 아니다. 정식 기사의 제목이 저 꼴이었다.

"씨팔, 돌겠네."

물론 주요 일간지는 아니고 게임 전문 신문이었다.

그러나 한방소프트에서 그 이전부터 관리해 온 곳이기도 하다.

그런 곳에서조차 이런 강한 뉘앙스로 이야기할 정도이니,

한국 유저들의 불만이 하늘을 찌르고 있음을 알 수 있었다.

"후우…… 이거 못 막아?"

"막을 방법이 없습니다, 회장님. 아시겠지만 이건 순수 국민들의 반대 운동이라……."

물론 그냥 국민들이 개지랄 떤다며 비웃으면 그만이다. 하지만 이번 일의 핵심에는 〈공성전기〉의 유저가 있다는 것이 문제였다.

수억씩 지르던 핵심 유저의 말은 다르게 생각할 수밖에 없었다.

"현재로서는 어떻게 해서든 정부마다 법이 다르다고 설명하고 있다지만……."

"그래, 그게 먹힐 리가 없지."

법이 다르다고 해서 이 정도 차별이 먹힐 리가 없다. 그래서 사람들의 분노는 하늘 높은 줄 모르고 쌓이고 있었다.

'어쩌다 이렇게 된 거지?'

자신의 완벽한 게임이, 자신이 창조한 완벽한 세계가 무너지고 있었다.

"이런…… 말도 안 되는 일이……."

최강도는 자신도 모르게 눈을 가렸다.

그리고 그런 최강도를 흘깃거리며 이사들은 눈치만 살폈다.

그동안 한방소프트는 최강도의 제국이자 그가 창조한 세

계였다.

지금 이 순간 이 세계의 신으로 군림하던 최강도가 흔들리는 상황에서, 그걸 해결하고 영웅이 될 만한 능력을 가진 사람은 없었다.

"중국 쪽은…… 포기해야 했나."

"안 됩니다. 중국을 포기하면 미래 성장 동력 자체가 완전히 막혀 버립니다. 잠깐 힘들더라도 중국에 들어갈 수 있도록 길은 열어 놔야 합니다."

"그렇겠지?"

"일단은 자연스럽게 선동하시죠. 원래 개돼지들이란 그런 존재 아닙니까?"

결국 나온 답은 다시 선동이었다.

〈공성전기〉는 개나 소나 즐기는 게임이 아니다, 한국을 대표하는 명품 게임이라고.

그동안 〈공성전기〉가 위험할 때마다 써먹은 방법이고, 그렇게 함으로써 게임의 가치를 지켜 왔다.

실제로 돈이 있는 사람들은 그런 속임수에 넘어갔다.

자존심이 강한 사람들이니까.

"그래, 방법은 그것밖에 없겠군."

결국 과거의 답습에서 벗어나지 못한 한방소프트.

하지만 이번에 펼쳐질 현실은 그들의 예상과는 많이 달랐다.

－한방소프트는 반성하라!

－이게 게임이냐 아니면 도박이냐?

－씨팔. 중국인만 사람이고 우리는 개돼지야?

자존심을 치켜세운다는 것. 그리고 남들과 차별화를 한다
는 것은 자신들이 우위에 있을 때에나 가능한 일이다.

애초에 〈공성전기〉는 한국이나 중국이나 운영 방식이 같
았기에 당연히 그러한 전략이 먹혔다.

하지만 중국이라는 비교 대상이 생기면서 그 잘난 명품 놀
음에 심각한 타격이 생겼다.

안 그래도 다른 나라와 다른 서비스를 제공받으면 사람들
은 화를 낸다.

환율 때문에 가격이 다른 거야 이해할 수 있다지만, 같은
게임인데 특정 나라에만 터무니없는 확률을 적용하는 것은
사람들이 분노할 수밖에 없는 일이다.

당연하게도 사람들은 흥분했다.

"이게 아닌데."

최강도는 밖에서 시위하는 사람들을 바라보았다.

아니, 시위하는 사람이라는 표현은 어울리지 않는다. 시위
하는 트럭이라고 해야 할까?

"어이가 없네."

돈 많은 사람들을 적으로 돌린다는 것.

그 사실을 최강도는 단 한 번도 두려워한 적이 없었다.

그럴 만도 한 게, 그런 자들을 찍어 누르기에 충분한 돈을 갖고 있었으니까.

하지만 제대로 붙기 시작하자 이게 생각과는 다르다는 것을 뼈저리게 느낄 수밖에 없었다.

자신과 마찬가지로 저쪽도 총력전으로 나오지는 않았었다는 걸 망각한 것이다.

그들 입장에서는 그 돈이 아까워서 싸운 게 아니다. 자존심이 상해서 싸운 것뿐이기에 적당히 선은 지켰던 것.

하지만 노형진이라는 변호사를 선임하고 총력전이 시작되자 사람들이 부자를 적으로 만들지 않은 이유가 무엇인지 알 것 같았다.

"미쳤군."

한방소프트 앞을 빙글빙글 돌고 있는 트럭들.

커다란 화면에는 한방소프트를 욕하는 모습이 떠 있고, 스피커에서는 녹음된 항의와 욕설이 끊임없이 흘러나오고 있었다.

"이게 뭔……."

트럭 시위. 좀 더 빠르게 좀 더 큰 규모로 시작된 시위는 한방소프트에는 제법 심각한 타격이었다.

물론 과거라면 가뿐하게 씹었을 것이다. 수많은 개돼지들 중 한 명이었을 뿐일 테니까.

하지만 상황이 이렇게 되자 심각하게 문제가 되었다.

"저기, 회장님."

뒤에서 문을 열고 들어온 직원 한 명이 조심스럽게 고개를 숙인다.

"그래, 경찰은 뭐래?"

"자기들이 해 줄 게 없답니다."

"지금 영업 방해하는 거 안 보여?"

"영업 방해하는 거라고 볼 수가 없답니다. 그렇다고 불법 주정차 같은 걸로 처벌할 수도 없다고…….."

불법 주정차 신고를 막기 위해 트럭들은 끊임없이 본사 건물을 뱅뱅 돌고 있었다.

"그렇다고 우리 쪽에서 시위를 막자니…… 이미 신고가 된 합법적인 시위라…….."

더군다나 그들이 주장하는 내용이 거짓말도 아니다.

분명 지금 이 순간에도 한국과 중국은 극단적으로 다른 확률을 적용하고 있다.

그리고 그 때문에 〈공성전기〉를 포함한 한방소프트의 모든 게임들이 심각한 타격을 입기 시작했다.

이번 사건의 시작은 〈공성전기〉였을지 모르나, 〈공성전기〉 이후에 출시된 한방소프트의 모든 게임은 비슷한, 아니 아주 똑같은 과금 유도 시스템을 적용하고 있다.

어느 정도냐면, 게임이 새로 발매된 게 아니라 한방소프트

과금 시스템에 스킨을 새로 입혔다는 소리가 나올 정도였다.

"그러면 못 막는다고?"

"경찰에서는 눈치를 심하게 보고 있습니다."

"망할 짭새 새끼들."

"……."

하지만 그건 경찰을 탓할 일이 아니었다.

사실 경찰이 어떻게 해서든 막으려면 막을 수 있을지도 모른다.

하다못해 옆에 서서 소음으로 계속 딱지를 뗀다면 압박을 줄 수 있을지도 모른다.

하지만 그랬다가는 자기가 죽는다는 걸 경찰도 아는 것이다.

한방소프트가 자신들에게 명령을 내릴 수는 있겠지만 그걸 실행했을 때 겪을 피해까지 막아 줄 리가 없다.

가령 대룡과 성화가 싸울 때를 생각해 보자.

그때 노형진은 성화가 저지른 불법적인 부분을 공격해서 몰락시켰다. 하지만 자잘한 불법은 그냥 뒀다.

몰라서?

아니다.

자잘한 불법으로 고소를 넣을 수야 있겠지만, 그 순간 그 고소 때문에 출동한 경찰은 성화에 의해 오체분시당해서 대로변에 매달릴 테니까.

큰 불법이야 감출 수가 없는 일이니 그러지 못하지만 작은 사건에서 성화는 그러고도 남는다.

부자들의 싸움이란 그런 거다. 그래서 부자들이 적을 만들지 않으려고 하는 거고.

그런데 이제 부자들이 본격적으로 싸우는 상황에서, 경찰들은 인사 고과 마이너스를 처먹더라도 그냥 출동하지 않는 쪽을 선택하지, 꾸역꾸역 출동해서 오체분시되고 싶은 생각은 없었다.

"돌겠네. 그래서 매출 현황은?"

"많이 떨어졌습니다. 하루 평균 매출이 대략 25억입니다."

"25억? 고작 25억이라고?"

25억. 절대 작은 돈은 아니다.

하지만 한방소프트에서 〈공성전기〉 하루 매출이 평균 28억이었고 전체 매출이 하루 평균 140억이었다.

그런데 다 해서 고작 25억.

"미친……."

이 정도면 회사 운영비조차 안 나온다. 즉, 회사의 몰락이 코앞이라는 거다.

"새론은?"

"새론은……."

물론 그들과의 합의 같은 걸 이야기하는 게 아니다.

오늘이 바로 그날이다. 알음알음 소문으로 돌던 날.

바로 공매도를 결정하는 날.

"새론은…… 공매도 수익으로…… 대략 2조 5천억 정도의 수익을 냈다는 소문이…….'

한방소프트의 주가는 최고가가 대략 120만 원이었다.

지금 한방소프트의 주가는 고작 23만 원이다.

그마저도 한방소프트 내부에서 주가 방어를 위해 있는 돈 없는 돈 다 꼬라박은 결과가 그렇다.

사실상 그 때문에 한방소프트는 거덜 나다시피 했다.

그러니까 한 주당 100만 원 정도의 수익을 새론과 그 일당이 가지고 갔다는 거다.

그런데 그 돈이 무려 2조 5천억이라면, 얼마나 많은 주식을 가지고 있었던 것인가?

"후우…… 한방구단…… 있죠.'

"네.'

"매물로 내놔요.'

"네?'

한방축구단. 축구광인 최강도의 일생의 꿈이었다.

그는 자신의 꿈을 위해 축구단 하나를 구입했고 그걸 자랑스러워했다. 그런데 그걸 판다니?

"몸집 줄이기 시작합시다.'

최강도는 바보가 아니다. 지금 덩치로 자신들이 버틸 수 없다는 걸 안다.

당연히 어떻게 해서든 몸집을 줄여야 한다.

"직원들도 다 자르고 한방구단도 내놓고…… 사옥의 빈 공간도 임대로 돌리고……."

그는 입술을 깨물었다.

머릿속이 복잡했지만 답이 안 보였다.

⚖

"돈이다!"

"이야, 이걸 이렇게 한 방에 복구하네."

"아이템보다는 이게 더 속 편한데?"

"그러니까 차라리 가챠 한다 치고 공매도에 뛰어들까?"

부자들은 두둑하게 들어온 돈을 보면서 흐뭇한 미소를 지었다.

물론 그들이 돈에 흔들릴 만큼 절박한 건 아니다. 하지만 돈이라는 건 많을수록 좋은 거라고 이야기하지 않던가?

더군다나 늘 당연히 들어오던 돈이 아니라 어떤 면에서는 스스로 투자라는 것을 해서 직접 번 돈이니 기분이 참으로 좋았다.

"그런 함정에 빠지지 말아야 합니다."

노형진은 의뢰인들을 보면서 말했다.

"공매도라는 건 도박입니다. 물론 저희 같은 경우는 확실하게 약점을 쥐고 있으니까 공격이 가능했지만, 저쪽에서 돈

지랄로 방어하기 시작하면 우리도 곤란해집니다."

"하지만 그런 기업들이 없는 건 아니지 싶은데요?"

120억이 무려 240억으로 돌아온 고한병은 즐거운 얼굴로 물었다.

"물론 공매도 전문 팀이 있지요. 새론 말고 마이스터에요. 참고로 저희 공매도 전문 팀은 실패한 적이 없습니다."

"오호, 그래요?"

"그럼요."

당연하다면 당연한 거다.

마이스터의 공매도 전문 팀은 노형진의 회귀 전 기억을 기반으로 운영되니까.

설사 아니라고 해도, 노형진은 여러 핑계를 대고 대기업 경영진과 계속 접촉한다. 마이스터의 대리인이라는 닉네임은 그럴 때 엄청난 도움이 된다.

당연히 그 과정에서 그들의 약점도 알게 된다.

신기술이 나오거나 주가 상승 요인이 있다면 투자를 하고, 반대로 은닉한 비밀이나 심각한 실책이 있다면 공매도를 친다.

가령 모 독일 자동차 회사의 기록 조작 사건 당시에 노형진은 미리 공매도를 쳐서 단시간 내에 무려 100조가 넘는 터무니없는 수익을 냈었다.

물론 공매도를 위해 멀쩡한 기업을 작살내지는 않는다.

그런 세력이 없는 건 아니지만, 노형진은 명백하게 사람들을 속이거나 불법을 행하는 기업들만을 공격한다.

도리어 멀쩡한 기업을 공매도로 날려 버리려고 하는 사람들이 나타나면 반대로 그 기업에 투자해서 주가를 폭등시켜 공매도 세력이 폭삭 망하게 한 사례도 있었다.

"우리가 거기 낄 수 있습니까?"

"물론입니다. 다만 다른 투자 계약과 다르게 위험성이 있다는 점은 주지하셔야 합니다."

"뭐, 미친놈의 가챠보다는 낫죠."

"하긴. 나 요즘 〈스카이 에이스〉 하는데, VR 장비 다 달고 하니까 진짜 하늘을 나는 느낌이더라."

"그래? 얼마나 줬는데?"

"얼마 안 해. 1억 3천밖에 안 줬어."

"싸네. 한번 사 볼까?"

"와라. 4 : 4 공중전 함 해 보자."

이제는 복수가 끝났다고 생각한 사람들은 느긋하게 이야기를 나누었다.

노형진은 그렇게 풀어지려고 하는 사람들에게 단호하게 말했다.

"긴장 풀지 마세요. 아직 안 끝났습니다."

"네?"

그 말에 다들 어리둥절한 얼굴이 되었다.

고한병 역시 고개를 갸웃했다.

한방소프트는 이제 심각한 타격을 입었다.

어느 정도로 심각한 타격을 입었느냐면, 기업 자체를 제외한 모든 것을 매물로 내놓고 닥치는 대로 팔아 대는 상황이었다.

"제가 말했지요, 복수와 보복은 다르다고? 이 정도면 보복의 수준입니다. 여러분이 보복을 원한다면 여기서 멈추겠습니다만, 복수를 원한다면 마무리를 지어야지요."

"복수와 보복은 다르다라……."

노형진의 말에 다들 침묵을 지켰다.

고한병을 통해 일의 순서를 이미 전달한 노형진이기에 그들의 고민이 이해되기도 했다.

"물론 한방소프트는 힘이 빠졌습니다. 현실적으로 여러분에게 보복하거나 복수할 힘은 없을 겁니다. 현재까지는 말입니다."

하지만 이 와중에도 〈공성전기〉에 매달 수십억씩 꼬라박는 사람들이 존재한다.

실제로 〈공성전기〉는 그들에게 온갖 혜택을 몰아주고 있다. 살아남을 방법은 그것뿐이니까.

"그러면 진짜로 한방소프트를 망하게 하려는 겁니까?"

"뭐, 한방소프트라는 존재 자체를 망하게 하는 건 아니지만 최강도를 망하게 할 수는 있지요."

"최강도를요?"

다들 그 말에 고개를 갸웃했다.

말도 안 되는 소리였으니까.

"한방소프트라는 무기가 최강도의 아래에 계속 있다면, 어쩌면 그가 다시 복수하려고 할 수도 있습니다."

"음……."

"하긴, 한방 놈들이 독종이기는 하지."

자신들이 수천억대 자산가고 어마어마한 손님이라는 걸 알면서도 개돼지 취급을 한다.

그것도 회사 임원도 아니고 회사에서 일하는 직원들이 그런 식으로 유저를 대우한다.

그런 놈들이 과연 반성하고 다시 새롭게 시작할까?

그럴 리가.

이미 그런 문화는 만들어졌고, 그 문화가 바뀔 가능성은 그다지 높지 않다.

"복수하시겠습니까, 아니면 보복으로 끝내시겠습니까?"

"흠."

그 말에 다들 고민하다가 고개를 끄덕거렸다.

부자들은 잔인하다.

연구 결과에 따르면, 돈이 많아지면 자연스럽게 공감 능력이 떨어진다는 게 사실이라고 한다.

그런 그들이 한방과 싸운 건 그들이 선해서가 아니라 자존심을 건드려서다.

그리고 그런 상황에 부자들은 끝까지 잔인하게 물어뜯는다. 남이 불쌍하지 않으니까.

"뭐, 복수하죠. 그러면 우리는 뭘 해야 합니까?"

"뭘 하긴요. 주식 사야지요."

"어디요?"

"어디겠습니까? 한방소프트지."

"아니, 그 쓰레기를 왜……."

노형진은 그 말에 고개를 흔들었다.

"한방소프트는 그렇게 쓰레기는 아닙니다. 사실 가능성 자체는 엄청나게 높은 회사입니다."

다만 수천억짜리 장비를 깔아 두고도 그걸 써먹지도 않은 채 기존 방식대로 도박만 하도록 해서 문제가 된 것뿐이다.

"대기업이라는 건 단순히 타이틀만은 아닙니다. 우리나라 속담에 이런 말이 있지요. '종노릇을 하려면 대감집에 가서 해라.'"

많은 사람들이 대기업 취업에 목을 매다는 건 그만큼 혜택이 많기 때문이다.

"한방소프트는 어찌 되었건 한국 게임 업계에서 무시 못할 대기업입니다."

그저 그 수익 모델을 짜는 놈들이 병신이었을 뿐이지, 거기에서 일하기 위해 능력 있는 사람들이 몰려든 건 당연한 일이었다.

"IT 업계에서는 많이들 착각하시던데, 그 안에서 진짜 중요한 건 게임 IP나 도박이 아니라 그걸 만드는 사람입니다. 그리고 한방소프트에는 한국에서 가장 잘나가는 사람들이 모여 있죠."

"흠……."

그 말에 다들 생각이 많아지는 눈치였다.

"결과적으로, 이번 일로 윗선이 대대적으로 바뀔 겁니다. 어차피 그들은 살아남기 위해서라도 IP를 확대하고 여러 시장 문을 두들겨야 합니다. 그리고 그만큼 성장 가능성이 높지요."

기반 자체가 아예 없다면 모를까, 이미 기반이 다 있는 한방소프트다. 지금까지는 굳이 그걸 쓰지 않았던 것뿐이지.

"〈시티 워리어즈〉 같은 게 하나 터진다고 생각해 보세요."

그 말에 다들 눈을 반짝였다.

중소 게임 제작사였던 〈시티 워리어즈〉의 제작사는 그 작품 하나로 글로벌 기업이 되어 버렸다.

"가능합니다, 윗선만 바꾼다면."

"윗선이라……. 그렇군요."

기업이 이 지랄이 났다고 해서 윗선이 바뀔까? 그럴 리가.

'이 세상에 스스로 개혁한다며 바뀌는 조직은 없지.'

도리어 이 와중에 어떻게 해서든 자기 자리를 지키려고 할 것이다. 그걸 바꾸기 위해서는…….

"당연히 우리가 들어가야지요."

"유저가 아니라 주주라……."

"뭐, 주식은 충분한 것 같은데."

"좋게 생각해. 이것도 나름 가챠잖아."

"하긴, 그래도 게임보다는 확률이 높네."

모두 고개를 끄덕거렸고, 노형진은 빙긋 웃었다.

얼마 후 최강도는 정신이 아득해지는 느낌을 받았다.

만나고 싶지 않은 사람, 노형진이 찾아왔기 때문이다.

"왜 온 건가, 환영받지는 못할 걸 알 텐데?"

"물론 압니다. 하지만 이건 알려 드려야 해서요."

노형진은 그에게 서류를 건넸다. 그리고 그걸 본 최강도는 눈동자가 흔들렸다.

"이건……."

"주식을 5% 이상 소유하면 공시해야 하니까요. 물론 그 이하 분들도 좀 있기는 하지만, 어차피 저를 대리인으로 선임하셨으니까."

"……."

최강도의 눈앞에 있는 건 한방소프트의 주식이 새론과 유저였던 고소인들에게 넘어갔다는 이야기였다.

"기가 막히는군. 내가 이렇게 당하다니."

최강도는 눈앞의 남자가 두려워졌다.

막을 수가 없었다.

무슨 짓을 당하는지도 그리고 어떤 식으로 공격이 들어올지조차도 다 알고 있는데, 도저히 막을 수가 없었다.

"그래서 뭘 원하나? 이 주식을 가지고 날 몰아내기라도 할 건가? 미안하지만 그건 힘들 텐데."

아무리 노형진이 주식을 긁어모은다고 해도 시중에 풀린 주식에는 한계가 있다.

그리고 기업을 운영하는 놈들은 당연히 자신의 경영권을 지키기 위해 주식을 안전하게 보관할 방법을 찾는다.

"미안하지만 말이야, 이 정도 양의 주식으로는 날 몰아내지 못해."

비웃음을 가득 담아서 말하는 최강도.

"날 여기까지 몰아붙인 건 대단하다고 해 주지. 하지만 여긴 내 제국이야!"

확신을 담아서 말하는 최강도. 하지만 그다음에 노형진이 던진 말에 그는 말문이 막혔다.

"주식, 파셨지요?"

"뭐?"

"주식 말입니다. 파셨을 텐데요? 아닌가요?"

"그거야……."

팔았다.

사실 상당히 팔았다.

당연한 거다.

이 세상에 회사의 주가가 폭락할 거라는 걸 예상하고도 쥐고 있는 인간은 없으니까.

"웃기는군. 그래서 뭐? 내가 가진 주식이 생각보다 적을 거라 보는 건가? 미안하군. 자네, 우호 지분이라는 말 들어는 봤나?"

마치 노형진을 무시하는 듯 말하는 최강도.

하지만 노형진은 그런 그의 모습이 왠지 안쓰럽게 보였다.

최후의 순간까지 자존심을 지키고자 안간힘을 쓰는 걸로 보였으니까.

그러나 이제 노형진이 그의 자존심을 시궁창에 처박을 시간이었다.

"내부 정보를 통해 주가가 떨어지기 전에 주식을 파는 건 불법입니다."

"뭐라고?"

"내부 정보로 주가가 떨어질 걸 예상하지 않으셨나요? 그래서 재산을 지키기 위해 판 거 아닌가요?"

"하지만 그건 소문이……."

노형진은 그 말에 빙긋 웃었다.

"네. 소문입니다, 소문. 하지만 일반인들은 모릅니다."

공매도를 친 걸 안 건 중국의 공산당원들과 새론 그리고 투자자들 정도.

물론 노형진이 고한병을 통해 게임 내부에서 공매도를 이야기하라고 한 적은 있다.

그러나 그마저도 사실은 함정이었다.

소송 중인 당사자의 대화 내용을 감시할 거라 생각했으니까.

실제로 그 이후에 게임 채팅창 내부에서 공매도라는 단어가 금칙어로 지정되기도 했다.

"그리고 내부자가 외부에 공개되지 않은 기밀을 가지고 수익을 목적으로 거래한다면? 그건 불법입니다."

그 말에 최강도의 눈동자가 흔들렸다.

당연히 외부에서 들어온 말이었기에 자신도 괜찮을 거라 착각한 것이다.

하지만 생각해 보면, 자신이 그걸 알게 된 것도 결국 감시라는 내부 시스템을 통한 것.

"그런데 그걸 다른 주주들에게 말씀하셨나요?"

지금 한방소프트의 주가는 대폭락했다.

사실상 과거의 5분의 1 수준으로 떨어졌다.

그 상황에 대해 주주들은 분노하고 있는 상황.

"우호 지분이라고 하셨지요? 과연 우호 지분을 가진 분들이 이 사실을 알면 어떤 기분이 될까요?"

그들은 정보를 몰랐기에 그냥 어이없게 당했는데 정작 최강도는 정보를 알고 주식을 상당 부분 팔아서 자신의 재산을 지킨 상황이다.

자기 재산이 5분의 1로 줄었는데 그것에 대해 화가 나지 않을 사람은 없다.

"우호 지분이 과연 존재할 수 있을까요?"

그 말에 최강도는 숨이 턱턱 막혔다.

자신이라도 손절하고 자신을 몰아내려고 할 것이다.

그나마 호구 같은 인간들이나 그 정도에서 끝낼 테고, 화가 많이 난 사람들은 노형진의 말대로 자신을 고발할지도 모른다.

그러면 주가고 뭐고 자신은 감옥에 끌려간다.

그 이후에는? 자연스럽게 한방소프트에 새로운 회장이 취임하게 될 것이다.

자신은 해직당하고 일개 주주가 될 테고.

"아……."

"물론 기회가 없는 건 아닙니다."

너무 어이없는 나머지 최강도의 정신이 아득해지는 듯하자 노형진은 재빨리 구원의 동아줄을 내밀었다.

"제가 시키는 대로 한다면 자리는 지켜 드리지요. 고발도 안 할 테고요."

"고……발을 안 한다고?"

"네, 물론 시키는 대로 한다는 조건이 붙지만요."

그 말에 최강도는 한참을 침묵하다가 힘겹게 입을 열었다.

피할 수가 없었다. 선택권도 없었고.

"도대체 왜 그러는 건가? 자네 말대로라면 지금 나를 몰아내고 새로운 사람을 앉혀도 그만인데?"

"욕받이가 필요하거든요."

"욕받이?"

"욕먹는 거 잘하시지 않습니까?"

노형진은 씩 하고 웃었고, 최강도는 그 말을 받아들일 수밖에 없었다.

⚖

얼마 후 한방소프트는 난리가 났다.

이미 주가 하락이라는 문제가 터지긴 했다. 하지만 그건 외부적인 사건이었고, 이번에는 내부적인 사건이라는 점이 달랐다.

> 한방소프트, 대규모 해직 사태
> 한방소프트 최강도 대표, "이번 사태는 게임 개발자들이 아닌 운영자들로 인해 발생한 문제. 게임 개발자들에게는 희생 강요하지 않겠다."

한방소프트, 부장급 이상 전 직원 일괄 퇴사 처리, 부당 해고 소
송 봇물 이뤄

노형진은 신문을 보면서 자신 있게 말했다.

"이 정도는 되어야 복수라고 할 수 있죠."

"확실하네요, 복수."

한방소프트는 결국 다른 길을 선택할 수밖에 없었다.

기존 방식을 고수하던 부장급은 전원 해고하고, 개발자들
을 승진시켜 새로운 게임 개발에 박차를 가하기로 한 것.

그동안 전기세 아깝다고 꺼 둔 모든 장비들이 본격적으로
돌아가기 시작했고, 사람들의 눈치를 보기 시작한 건지 차기
작은 온라인 게임이나 모바일 게임이 아닌 PC나 다른 회사
에서 제작해서 판매하고 있는 게임기용으로 개발된다고 발
표했다.

당연하게도 한창화가 그쪽 이사로 발령받아서 갔는데, 그
는 그곳에서 참신한 아이디어를 가진 지원자를 모집해서 제
작에 들어갔다.

"이제 한방소프트는 새롭게 시작할 겁니다. 그리고 우리
주머니는 두둑해지겠지요."

"최강도는 우리를 손절 치지 못하고요?"

"네."

기존 우호 지분을 가졌던 주주가, 최강도가 자기 주식을

미리 팔았다는 걸 알게 되어 화가 나서 해직을 시도했지만 오히려 노형진 측에서 방어해 준 덕분에 최강도는 자기 자리를 지킬 수 있었다.

여기서 놀라운 점은, 최강도가 아닌 다른 이사들이 그를 몰아내기 위해 우호 지분들과 접촉하고 있었다는 사실이 드러났다는 것.

그 때문에 최강도는 진짜 인정사정없이 칼질을 했다.

애초에 욕먹는 걸 두려워하던 인간이 아니니까.

"그래요? 이제 그럼 슬슬 다시 시작해 볼까?"

"〈공성전기〉 말인가요? 아니, 또 하니까, 그 재미도 없는 걸?"

"전 재미있는데요."

고한병의 말에 노형진은 고개를 절레절레 흔들었다.

"마음대로 하세요."

언제 부자들이 남의 말을 들었는가?

노형진은 쓰게 웃을 수밖에 없었다.

존재하지 않는 자

"저는 존재하지 않아요. 살아 있지만 살아 있는 것이 아니고 죽었다고 신고할 수조차 없죠. 아파도 병원도 못 가고 누군가와 사랑에 빠져도 결혼은 못 해요."

노형진의 눈앞의 여성은 담담하게 자기 이야기를 하고 있었다.

어눌한 한국어였기에 빠르지는 않았지만, 그렇다고 해서 그녀의 말의 의미를 알 수 없는 것은 아니었다.

"저는 한국인도, 미국인도 아니에요. 그러다 보니까 이 꼴이네요."

허름한 옷을 입은 자신을 보여 주면서 어깨를 으쓱하는 여성.

"음…… 일단…… 안젤라 씨는……."

"안젤라는 없어요. 성은…… 모르겠네요. 그냥 주선이라고 부르세요."

"네, 주선 씨는 그럼 한국 국적을 따고 싶으신 거죠?"

"네."

"흠……."

노형진은 머리를 긁적거렸다.

"쉽지 않은 일이군요. 이건 누군가가 일하지 않아서 벌어진 일은 아니라서. 정확하게는 정치인들이 태만하긴 하지만."

한국의 불명예스러운 별명 중 하나. 그건 바로 고아 수출국이라는 것이다.

한국은 6.25전쟁 이후에 고아를 해외로 보내는 것에 집중했다. 돈이 되기 때문이다.

실제로 그런 단체를 노형진이 한번 손봤지만, 그렇다고 해서 법 자체를 바꿀 수는 없었다.

'하긴, 문제는 그거지. 부모에 대한 조사가 제대로 이루어지지 않는다는 것.'

애초에 입양이라는 것은 상당히 까다로운 절차다.

한국에서 아이를 입양하기 위해서는 일단 신분 조사부터 받아야 한다.

하고 싶다고 하는 게 아니라, 과연 이 사람이 아이를 키울 수 있느냐는 것부터 시작된다.

재산과 가족 관계는 물론 가족들 사이의 관계까지 모두 확인한다.

이 부분이 문제없이 통과된다고 해서 무조건 아이를 보내주는 것도 아니다.

일단 아이와 함께 지내도록 협조해 준 후, 친해지고 감정적으로 교류할 수 있는지도 본다.

그러고 나서 입양이 결정된다.

그런데 해외 입양의 경우는 그게 불가능하다.

입양을 원하는 사람이 한국으로 올 수도 없고, 반대로 외국으로 일단 애를 보낼 수도 없다.

그러다 보니 마치 쇼핑하는 것처럼 외국에 있는 입양 기관에서 사진과 프로필을 보고 연락하면 한국에서 아이를 보내는 형태가 되어 버린다.

당연히 감정적 교류 같은 건 아예 없다.

그리고 국내 입양에 비해 해외 입양은 부모에 대한 확인이 상당히 부실하다. 그러다 보니 상식적으로 말도 안 되는 집으로 가는 경우가 많다.

물론 너무 가난해서 아이를 키우지도 못할 정도의 집으로 보내는 건 아니다. 하지만 딱 그 정도가 끝.

미국의 경우는 고아를 입양하면 지원금을 주는데, 그런 목적을 가진 사람들을 걸러 내지를 않는다.

그래서 심한 경우는 두세 명 입양해서 그 지원금으로 먹고 사는 집도 있을 정도다.

"하긴, 입양 보낸다고 끝이 아니긴 하죠."

노형진은 머리를 북북 긁었다.

왜냐하면 입양 이후에 아이가 해당 나라의 국적을 따르는 것은 또 전혀 다른 문제이기 때문이다.

입양되면 자동으로 국적이 나오는 거 아니냐고 사람들은 묻는데, 사실 그건 전혀 다른 문제다.

미국의 경우 입양 이후에 사회보장 보험 같은 걸 받아서 생활 자체는 할 수 있지만 국적, 즉 시민권을 따는 것은 별도의 과정을 거쳐야 한다.

문제는 그게 쉽지 않다는 것.

생각보다 복잡하고 번거로우며, 그걸 처리하기 위해 변호사라도 살라치면 어마어마하게 돈이 들어간다.

미국은 변호사 비용이 한국처럼 건당이 아니라 시간당으로 계산되기 때문이다.

물론 진짜 사랑으로 입양한 사람들은 기꺼이 그런 손실을 감수하면서 자녀에게 미국 국적을 준다.

하지만 미국 정부의 지원금을 받기 위해 입양했거나 생각보다 무식한 사람들이 많은 미국인들의 특성상, 그런 걸 아예 모르고 살아가기도 한다.

그러면 아이는 미국인이 아니다. 단순 체류자가 된다.

여기서 문제가 터진다.

제대로 입양 절차를 거쳐서 국적을 딴다면 파양되거나 부모님이 돌아가시거나 하는 상황이 벌어진다고 해도 결국 미국 국적은 남아 있게 된다.

그러니까 문제 될 게 없다. 미국에서 계속 살면 된다.

그런데 부모가 미국 국적을 부여하지 않은 상태에서 그런 일이 벌어지면 자연스럽게 불법체류자가 되어서 추방 명령이 떨어진다.

웃기게도 이런 경우는 자녀로 인정되지도 않기 때문에 부모가 돌아가시는 경우 재산조차도 물려받지 못한다.

그러면 결국 한국으로 추방되는데, 여기서부터 문제가 생긴다.

"그렇다고 한국인도 아니니."

한국은 미국 입양이 확인되면 즉각 한국인으로서의 국적을 박탈해 버리기 때문이다.

미국에서는 한국인이라고 추방하는데 한국은 이미 국적이 박탈되어 존재하지 않는 존재라는 상황에 처해지는 것이다.

심지어 어떤 일이 있었느냐면, 자신이 미국인이라 생각한 입양인이 미군에 지원해서 전쟁터에서 죽어라 싸우다가 돌아왔더니 갑자기 '너는 미국인 아니니 추방' 같은 일이 벌어졌던 적도 있다.

나라에 충성하겠다고 전쟁터로 가서 목숨을 걸었음에도 불구하고 말이다.

"저도 어떻게 해서든 살아 보려고 했어요. 그렇지만 방법이 없네요."

　한국 국적이 없으니 보험도 들지 못한다. 미국 국적이 있다면 여권 번호 같은 걸로 보험 가입이라도 하겠는데 공식적으로 미국인도 아니니까.

　한국인도 미국인도 아닌 신분. 살아 있고 존재하지만 존재하지 않는 사람이 되어 버리는 거다.

　"그나마 다행인 건, 전 제 남자 친구 덕분에 목숨이라도 붙어 있는 거고요. 다른 사람들은 아닌 경우도 많지만요."

　"음……."

　그나마 다행인 건 미국으로 유학을 왔던 한국인 남자 친구가 도와줘서 살아남았다는 거다.

　하지만 결혼 자체가 불가능한 신분. 이 위태위태한 관계가 불안할 수밖에 없다.

　"그러던 중에 대룡의 평등재단을 알게 된 거죠."

　대룡평등재단은 공평한 법률적 지원을 목적으로 대룡에서 운영하는 곳으로, 돈이 없어서 제대로 저항 못 하는 피해자를 구하는 활동을 한다.

　변호사들을 선임해 주며 그 변호사비는 재단이 내준다.

　'하긴, 이런 사건은 도무지 답이 없기는 하지.'

　그리고 그곳에서 이런 사건을 노형진에게 배당한 건, 그들 입장에서도 도무지 답이 없기 때문이다.

　일단 재판이라는 것은 이 사건이 법을 위반했느냐, 또는 이 사건의 진실이 무엇이냐를 탐구하는 과정이다.

그런데 이런 사건은 아예 규정 자체가 없다.

없는 규정을 가지고 심사할 수는 없는 노릇.

결과적으로 이걸 해결할 수 있는 건 정치권인데, 정치권은 신경도 안 쓰는 사건일 수밖에 없다.

한국의 경우 잠깐 시끄러운 적은 있었지만 결국 흐지부지되어 버렸다.

외국인이라고 생각되는, 투표권도 없는 한 줌도 안 되는 사람들이야 정치인들 입장에서는 굶어 뒈지든 자살하든 자기들 알 바 아니니까.

미국의 경우는 이런 문제가 워낙 심각하다 보니 몇 번이나 개정 시도는 있었다.

가령 입양 절차 자체에 국적 부여 과정을 넣어서, 입양되면 자연스럽게 국적을 취득하는 것을 돕는다는 식으로 말이다.

하지만 그 몇 번의 시도도 결국 극단론자들 때문에 결국 통과되지 못한다.

입양과 파양 과정을 거쳐서 국적을 따는 식으로 변칙적으로 악용된다는 이유 때문이었다.

"물론 영주권이 있으니까 사고만 안 친다면 쫓겨나지는 않겠지만……."

영주권이라는 건 완전한 권리가 아니다. 사고만 치지 않는다면 미국에 있어도 된다는 거다.

　문제는, 사고라는 게 자기가 원하지 않아도 엮일 수 있다는 것.

　결국 원하든 원하지 않든 그녀는 한국에서 살아야 한다.

　하지만 한국인이었던 그녀가 지금은 한국인이 아니라는 것이 문제였다.

　"흠, 복잡한 사건이네요."

　노형진은 머리를 긁적거렸다.

　소송으로 국적을 회복하는 것은 사실상 불가능하다. 실제로 한국에는 비슷한 처지의 사람들이 많다.

　'미국에는 이런 처지의 사람들이 5만 명쯤 된다던데.'

　절대로 적은 숫자가 아니다.

　더 큰 문제는, 그중에서 한국 출신이 무려 1만 9천 명이 넘는다는 거다.

　어쩔 수가 없는 게, 한국의 고아 수출국이라는 오명은 괜히 생긴 게 아니니까.

　전 세계의 고아 해외 입양 중 40%가 한국에서 이루어진다.

　해외에서는 그래도 최대한 자국에서 입양하자는 분위기인데 반해 한국의 주요 자선단체들은 말이 자선단체지 고아들을 수출해서 두둑하게 주머니 좀 챙기자는 이미지가 너무 강하다.

"물론 저는 아직 사고를 친 것도 없으니까 미국에서 살 수도 있겠지요. 하지만 언제 어디서 어떻게 휘말릴지 모르는 상황에서 그냥 살 수는 없어요."

"이해합니다. 피한다고 피할 수 있는 게 아니니까요."

가령 길을 가다가 간단한 접촉 사고가 났을 뿐인데도 재수 없으면 추방당할 수도 있는 것이다.

안정되지 않았으니 뭔가를 이룩할 수도 없다. 애써 이룩해 놓은 모든 걸 다 빼앗기고 쫓겨날 수도 있으니까.

"부모님은 뭐라고 하던가요?"

몰랐으면 모를까, 당사자가 알았다면 당연히 정상적인 부모라면 아이의 미래를 위해서라도 국적을 부여하려고 하는 게 정상이다.

"정상적이었다면 제가 한국으로 올 방법을 찾지 않았겠지요. 제 부모님은 가장 안 좋은 타입이었어요."

"이런."

가난한 슬럼가, 정부에서 나오는 지원금으로 살아가는 부모들이다.

성인이 된 안젤라, 아니 주선은 국적 이야기를 했지만 부모란 작자들은 돈이 없다고 배 째라고 했단다.

"거기서 국적을 얻는다 해도 아마 제 인생은 뻔하겠지요."

가난한 동네 출신에, 당연히 학업에 대한 지원도 제대로 못 받아서 학력이 좋은 것도 아니었다. 운이 좋아서 국적을 따 봐야 미국의 특성상 아마 빈민층에서 벗어나는 게 거의 불가능할 것이다.

"운 나쁘면 갱단이나 강도에게 살해당하겠지요. 사실 슬럼가에서 동양인인 제가 지금까지 살아남은 것 자체가 기적에 가까우니까요."

하긴, 그런 상황이라면 확실히 차라리 한국으로 돌아오는 게 나은 선택일 수도 있다. 그녀가 원해서 떠난 것도 아니니까.

"흠...... 그러면 방법을 찾아보죠. 일단 현실적인 방법부터 찾아볼까요. 혹시 주선이라는 이름은 직접 지으신 겁니까?"

"네. 제가 직접, 아니 남자 친구랑 지은 이름이에요."

"그럴 것 같았습니다."

주선은 자신의 성을 소개하지 않았다.

친부모가 아이를 버리고 간다 해도, 이름을 적어 둘 경우 성까지 다 적어 두는 것이 일반적이다, 아버지 성이든 어머니 성이든.

그런데 그녀는 성 없이 이름만 말해 줬다.

그 말은 부모가 아무것도 남긴 게 없다는 거다.

"그러면 입양은 몇 살 때 간 건가요?"

"기록상으로는 세 살이에요. 왜 그러시죠?"

"일단 생물학적 가족을 찾으면 신분 복구가 쉽거든요."

가족을 찾아볼 수만 있다면 부활 신고가 가능하다.

이게 무슨 소리냐면, 아이를 버린 게 아니라 잃어버린 거라면, 특히 너무 어린 시기에 잃어버려서 아이의 이름도 알려지지 않은 경우라면 아마 그 집에서는 실종 신고를 했을 테고, 그게 일정 기간이 지나면 자연스럽게 사망 신고가 가능하다.

그렇기에 때때로 실종 신고하고 차마 사망 신고는 못 하는 경우도 있기는 하지만, 일단 가족을 찾아서 존재를 알릴 수만 있다면 한국은 법적으로 실종 이후 사망자에 대한 부활이 가능하다.

"즉, 그럴 때는 별문제 없이 신분이 다시 생기는 겁니다."

"아!"

"물론 이건 하나의 가능성일 뿐이지만요."

노형진은 턱을 문지르면서 말했다.

부모가 아이를 잃어버려서 어쩔 수 없이 이름이 없는 경우라면 그나마 다행이지만, 아예 인연을 끊어 버리기 위해 어떤 흔적도, 심지어 이름조차도 남기지 않고 버리는 경우가 없는 것도 아니다.

'결과적으로 찾아봐야 알 수 있는 일이지만.'

"그렇게 쉽게 해결할 수 있으면 좋겠네요."

주선은 안타까운 얼굴로 말했다.

"저도 그랬으면 좋겠습니다."

노형진 역시 그런 주선의 말에 공감하듯 말했다.

"그래? 하긴, 그런 문제라면 국회의원이 나서야 하기는 하는데."

"솔직히, 통과 힘들죠?"

"힘들지. 지금 꼴 알지 않나?"

노형진의 말에 송정한은 고개를 절레절레 흔들었다.

"자네도 알다시피 말이야, 지금 자유신민당은 사력을 다해서 우리를 방해하고 있네."

"그럴 겁니다. 다음 정권까지 빼앗기면 진짜 당의 존립 위기가 될 테니까요."

한국에서 방역에 가장 방해가 되는 집단은 어디일까?

중국? 아니면 외국인? 아니면 종교 집단?

아니다.

한국에서 코델09바이러스 방역 방해에 혈안이 된 집단은 다름 아닌 자유신민당과 언론이다.

그들은 매일같이 방역이 경제를 망친다며 무능을 탓하고, 지금이라도 방역을 멈추고 경제를 살려야 한다면서 개소리를 지껄이고 있다.

그들 입장에서는 방역에 성공했다고 사람들이 인식하는 순간 다음 선거에서 필패하니까.

그러니 진짜로 방역에 실패하든 실패했다고 인식하든, 무조건 실패라는 쪽으로 몰아가야 한다.

"헛소리죠. 지금 외국에서 하루에 몇 명이나 죽어 나자빠지는지 알고 저러는 건지."

"알고 저러는 걸세. 언제 정치인들이 국민들 생명을 생각했나?"

송정한은 혀를 끌끌 찼다.

"솔직히 내가 속해 있기는 하지만 우리 당도 딱히 깨끗하다 싶지는 않아."

"제가 그래서 정치를 불신하는 겁니다. 정치라는 게 원래 전과 10범과 전과 5범 중에서 그나마 전과 5범을 뽑는 거긴 한데요, 한편으로 본다면 전과 5범이라는 건 결국 그 사람이 전과 10범이 될 기회가 없었을 뿐이라는 증명이거든요."

착한 사람이라면 애초에 전과가 없을 것이다.

하지만 일단 전과가 1범도 아니고 5범쯤 되면 그 사람은 착한 게 아니다.

"그러니까 말이야. 그놈의 돈이 뭔지. 아니, 같은 당 내부에서도 방역을 위한 제한 조치를 풀어야 한다고 거품을 문다니까!"

이유는 간단하다.

자기네 지역의 경제가 박살 나면 다음 선거에서 자신이 뽑히지 못하게 될 가능성이 높으니까.

그 과정에서 사람이 죽는 거? 그런 걸 정치인이 신경 쓸 리가.

"도리어 죽는 걸 원할지도 모르죠."

사전 선거운동은 철저하게 불법이지만 그런 관혼상제 같은 경우는 자연스럽게 참가해서 선거운동을 하는 놈들이 넘쳐 나니까.

"그나마 미국에서 그 난리가 난 이후에 좀 덜하기는 한데."

"중국 문제 말이군요."

"그래, 중국 말이야."

중국에서 바이러스를 퍼트리기 위해 고의적으로 테러를 가하고 있다는 의심이 돌기 시작하자 방역 방해는 테러 행위라는 인식이 박혔고, 실제로 비슷한 테러 단체들이 처벌받으면서 아주 조금이나마 방역이 회귀 전보다는 나아진 수준이었다.

어차피 말을 안 들어 처먹는 놈들은 때려죽여도 말을 안 듣지만.

"우리도 요즘 중국과 사이가 안 좋지 않나?"

"그렇지요."

"그래서 방역에 반대하는 사람들에게 중국 스파이가 아니냐는 의심이 들어가지 않았나?"

"뭐, 그럴 만합니다. 솔직히 국회의원 중에 중국 스파이가 없을 리가 없다고 봅니다만."

두둑하게 주머니에 돈 좀 챙겨 주고 국가 기밀 좀 빼돌려 달라고 하면 넘겨줄 놈들은 넘쳐 난다.

"뭐, 그래도 일단 방역 자체는 할 수 있게 되었네. 그런데 문제는, 그러니까 이 새끼들이 다른 방법을 쓰기 시작했다는 거지."

방역 자체를 경제 운운하면서 방해하면 공산당 아니냐고 의심받는 상황이 벌어지자, 아예 방역 예산 배정 자체를 온갖 핑계를 잡아서 차단하는 방법을 쓰기 시작했다는 것이다.

"그리고 그중에는 국회에서 입법을 막은 것도 있고."

"멀쩡하게 굴러가는 게 없네요, 진짜."

아무리 긴급하게 쓸 수 있는 돈이 있다고 해도 국가적 방역은 예산이 확보되어야 가능하다. 그런데 그 과정에서 온갖 방해를 한다는 거다.

"뭐라더라, 뭐, 자기네 지역구에는 확진자가 거의 없으니까 방역도 필요 없다던가?"

"뭔 개소리랍니까, 그게? 뭔 전산 관련 도시 전설도 아니고."

"전산 관리 도시 전설?"

"그 이야기 있지 않습니까? 서버에 문제가 안 생긴다고 서버 관리자들을 다 자른 거."

"아, 나도 그 이야기는 들었네. 하긴, 그거랑 마찬가지로군."

서버에 문제가 안 생긴 건 관리자들이 잘 관리한 덕이지, 문제가 안 생기니 관리자들이 놀아 재낀 게 아니다.

방역도 마찬가지.

지금 이 순간에도 코델09바이러스를 막기 위해 담당 공무원들은 전화통을 붙잡고 환자 동선을 확인하고, 관련 접촉자들에게 검사하라고 재촉하고, 검사하고 치료하느라 집에 가기는커녕 잠도 제대로 못 자고 있다.

그런데 그건 완전히 쌩까고 '우리 동네는 코델09바이러스 없으니까 방역 안 해.'라며 버티고 있다는 거다.

"하여간 그 방법 중 하나가 회기 중에 법안을 통과시키는 걸 막는 걸세."

"아니, 이 법안이 핵심적인 법안도 아니지 않습니까?"

이 법안을 통과시킨다고 해서 정치적 지형이 바뀌는 것도, 국민들에게 직접적으로 밀접한 영향을 주는 것도 아니다.

그냥 입양이라는 이름하에 해외로 팔려 갔던 국민들이 돌아오는 것뿐이다.

사실 팔려 갔던 국민들이 돌아온다는 점에서 봤을 때 도리어 필요한 법안이다.

"정치인들이 그걸 신경이나 쓰겠느냐 이 말일세. 나도 돌겠네. 당 내부에서도 내 견제가 너무 심해. 솔직히 말이야, 이거 내가 다른 국회의원들이랑 이야기해서 올리는 거나 가능할지 모르겠네."

"그래도 송 의원님은 나름 파벌이 있지 않습니까?"

"그렇기는 하지."

송정한은 정치를 바꾸겠다는 생각으로 투신했다.

하지만 그게 쉽지 않다는 것만 느끼고 있다고 했다.

"흠……."

"더군다나 지금은 그걸 고친다 만다 할 시기도 아니니까."

"결국 당장 그걸 고치는 건 불가능하겠군요."

특혜를 주겠다는 게 아니다. 그들에게 돈을 주겠다는 것도 아니다.

"제가 원하는 건 그저 다른 나라와 같은 수준의 보호인데요."

"그러니까 그들에게 관심이 없다는 게 문제라니까."

미국으로 입양이 결정되면 한국의 아이는 6개월짜리 단기 여권 하나와 10년간의 영주권을 가지고 미국으로 향한다.

그리고 그런 아이들에게 부여되는 것은 IR-4 비자다.

이는 입양 기관이 입양 절차를 밟을 때 나가는 비자다. 그래서 그 관리 책임은 입양 기관이 아니라 입양한 부모가 진다.

즉, 부모가 귀찮다는 이유 또는 금전적 이득의 목적으로 국적을 부여하지 않는다면, 아이들은 그냥 버려지는 거다.

그에 반해 중국, 심지어 베트남조차도 입양아를 보낼 때는 IR-3 비자만 인정한다.

IR-3 비자 역시 고아들의 입양 비자인 것은 마찬가지다.

하지만 두 가지는 확연하게 다르다.

IR-4 비자는 단순히 대행을 하는 대행 업체의 비자다. 즉, 상품을 그냥 해외 직구 한 셈이다.

하지만 IR-3 비자는 입양이 확정되어야 하며, 또한 입양된 아이의 부모가 될 두 사람의 성인 중 최소 한 명이 아이의 나라로 가서 직접 아이와 만나고 교감하고 이야기를 나눠야 한다.

당연하게도 그 과정에서 그 나라에서는 입양 부모에 대한 심사가 다시 한번 이루어진다.

타국으로 가서 장기 체류하면서 아이와 교감한다는 것 자체가 어느 정도 재산에 여력이 있는 사람이라는 의미이기도 하고 말이다.

즉, IR-4는 단순 아이 수출용이고 IR-3가 진짜 입양용인 거다.

"다른 것도 안 바랍니다. 그냥 IR-3 비자를 적용해 달라는 것과 비상시에 한국 국적을 복구시켜 달라는 겁니다만."

"그러니까 나도 좋은 의견인 건 알지, 솔직히 국가 입장에서 손해 볼 것도 없고. 그런데 지금 내가 뭘 한다고 하면 일단 거부감부터 가지는 인간들이 너무 많다니까."

송정한의 말에 노형진은 입술을 깨물었다.

'어째 쉬운 게 없냐.'

"그리고 자네도 알 거야. 내가 이걸 만들어서 올린다고 해도 몇 번 빠꾸 먹고 또 올리고 하다 보면 못해도 3년은 걸릴 걸세."

결과적으로 당장 어쩔 수 있는 게 아니라는 소리다.

"자네 의뢰인인 주선이라는 분을 도와줄 방법이 없다는 거야."

"뭐…… 알겠습니다."

노형진은 고개를 끄덕거렸다.

사실 큰 기대를 하고 온 건 아니다. 더 이상 이런 피해를 막기 위해 온 거지.

"일단 시도라도 해 보겠네. 확실히 그런 사람들은 구제해 줘야 하니까. 그들이 원해서 외국으로 팔려 간 게 아니지 않나?"

"물론이지요."

어려서, 아무것도 모르는 상태로 해외로 나간 아이들이다. 그들의 잘못은 하나도 없다.

"그래도 다른 방법은 없나?"

"하아, 그게 말이죠…… 없습니다. 입양 기관 자체가 증발했습니다."

"뭐? 그게 무슨 소리야?"

"해외 입양 기관이 한두 곳이 아니지 않습니까? 뭐, 멀쩡한 곳이 얼마나 된다고요. 그나마 제가 한번 조져 났습니다만."

"하긴, 여전히 개판인 곳이 많지."

진짜 아이들을 위해서가 아니라 돈을 위해 입양을 보낸다.

부모가 멀쩡하게 살아 있는 단순히 길 잃어버린 아이들을 입양 보내는 건 흔한 일이고, 장애가 있는 아이를 멀쩡하다 며 외국에 입양 보내는 건 옵션이다.

지금이야 그나마 안 한다지만 과거에는 아이를 납치해서

입양 보냈다는 소문도 있었다.

그런데 그게 소문이 아니라 사실일 가능성이 높다.

한국 정부의 치욕적인 부분 중 하나인 형제복지회가 그런 짓거리를 했다고 하니까.

애들도 패 죽이던 놈들이 인신매매라고 못 할까?

"그런 곳들은 나중에 시끄러워지면 곤란하니까요."

그러니까 적당히 애들을 내보내다가 슬쩍 폐업해 버리는 거다.

실제로 그런 식으로 운영된 곳은 엄청나게 많았다.

주선을 입양시킨 곳 역시 그런 단체 중 하나였다.

"뭔 병신 같은 짓인지. 이러니까 헤이그국제입양아동협약에 가입 못 하지."

"못 하는 것보다는, 안 하는 거죠."

헤이그국제입양아동협약에 가입하기 위해서는 입양 전반에 국가가 나서서 관리 시스템을 만들어야 한다.

하지만 한국은 선진국이라고 불리지만 아동의 입양은 철저하게 민간의 영역에 있다. 그들에게는 여전히 아이들이 수출품으로 보인다는 걸 알면서도 말이다.

"일단 그 때문에 자료를 구하기가 힘들 것 같습니다."

"혹시 보육원에 대한 기억은 없던가?"

"없더군요. 입양된 시기가 세 살인 만큼……."

당연하게도 그 시기에 대한 기억은 전혀 없을 수밖에 없다.

"혹시 자네 능력으로는 어떻게 안 되나?"

노형진은 그 말에 고개를 흔들었다.

그 또한 사이코메트리 능력을 써 보려고 했다.

"안 뜨더군요."

"아쉽군."

사실 그건 송정한에게 랜덤하게 뜬다고 이야기해서 이렇게 대답할 뿐이지, 사실은 그게 아니었다.

뜨기는 떴다. 하지만 모든 것이 뭉개진 기억이었다.

애초에 확실하게 자신이 인식한 것에 대한 기억만을 읽을 수 있는 게 노형진의 능력의 한계다.

가령 범죄자가 어떤 범죄를 저지른 게 확실하다면, 기억을 읽는 방식은 두 가지다.

하나는 그 순간 떠오르는 기억을 읽는 것, 다른 하나는 그 범죄를 벌이던 순간의 기억을 읽는 것.

전자는 찰나의 순간에도 가능하지만, 후자는 시간을 특정하지 못하는 이상 대충 비슷한 시간대의 기억을 읽어 내야 하기 때문에 시간이 오래 걸린다.

더군다나 오래된 기억, 특히 중요하지 않은 평범한 기억은 거의 인식도 못 한다.

가령 고속도로에서 차 타고 가다가 힐끔 본 바깥의 풍경 같은 건 아무리 기억을 읽어도 인식하는 게 거의 불가능하다.

'세 살이면 그럴 만하지.'

그 나이 때에는 기억의 인식 속에서 모든 것이 흐릿하고 불확실하다.

보고는 있지만 인식은 하지 못한다고 할까?

그 때문에 그녀의 기억 속에서 떠오른 건 그저 평범하기 그지없는 보육원의 모습뿐이었다.

주변에 뭔가 특정할 만한 것도 전혀 없는, 그런 흐릿하고 뭉개진 영상.

"그렇단 말이지. 골 때리는군."

송정한은 머리를 긁적거렸다.

"미국 쪽 자료는?"

"미국 쪽 자료도 없습니다. 그쪽 단체도 멀쩡한 곳은 아니었는지 어느 순간 사라졌더군요. 그나마 부모님이라는 작자들이 옛날에 말해 준 건 있답니다. 석양고아원 출신이라 했다던가?"

"그러면 거기서 알아보면 될 일 아닌가?"

"없는 보육원입니다."

"뭐?"

그 말에 송정한은 기가 막혔다. 없는 보육원이라니?

물론 말뜻은 안다. 하지만 너무 황당해서 뇌가 순간적으로 잘못 인식한 줄 알았다.

"보육원이 없어졌다는 소리지?"

"아니요. 애초에 존재한 적도 없는 보육원이라는 소리입니다."

"뭔 개소리야? 그게 가능해?"

"불법 보육원인 듯합니다."

"불법?"

"지금 주선 씨의 나이가 서른한 살입니다. 그리고 입양된 게 세 살 때니까, 대략 28년 전인 거죠."

아직은 한국이 선진국이라고 할 수 없던 시절, 온갖 불법이 판치던 시절이었다.

그리고 그 당시에는 알려지지 않았을 뿐 불법 보육원이 종종 있었다.

"빈곤의 포르노라고 하죠."

가난하고 불쌍한 이들에게 도움을 주려고 하는 사람들과, 그들을 뜯어먹으려고 하는 자들이 있었다.

그리고 그들이 선택한 방법 중 하나가 바로 보육원.

그 당시에는 고아원이라고 불리던 곳이었다.

"지금도 빈국에서는 흔하게 벌어지는 일입니다. 한국이라고 뭐 달랐겠습니까?"

캄보디아에서는 이게 얼마나 심한지, 심지어 NGO에서 캄보디아 보육원에 기부하지 말라고 운동하는 지경이었다.

정부에서 허가를 받고 보육원을 운영하는 게 아니라 불법적으로 열고 기부금을 받아서 챙기는 거다.

당연히 기부한 돈은 애들의 복지 사업이 아니라 주인의 주머니로 들어가며 애들은 소위 앵벌이로 내몰린다.

당연하게도 그 과정에서 애들이 부족하니까 애들을 채우려고 범죄자들을 통해 인신매매를 하는 게 현실이다.

"하긴, 한국도 그런 시절이 있었으니까."

한국의 경제가 발전하면서 조금씩 사람들이 남을 돕기 시작하던 시점.

그 시점에 눈치 빠르게 고아원을 차려서 아이들을 도와 달라고 했던 인간들.

"하긴, 그 시절에는 멀쩡한 게 없었으니."

전산이 제대로 갖춰진 것도 아니고, 모든 행정 업무를 수기로 하던 시절이니만큼 제대로 관리하는 게 쉽지 않았다.

더군다나 그 당시 인터넷은 사실상 거의 전무하다시피 했다.

당연히 사람들은 그곳이 정상적인 고아원인지 아닌지 판단할 수도 없었다.

그래서 애들 몇 명 데려다 두고 '불쌍하니까 도와주세요.'라고 쇼를 해도 사람들은 모를 수밖에 없다.

노형진이 세계복지재단을 만든 이유가 뭔가? 내부에서 하도 빼돌리는 돈이 많아서 아닌가?

요즘 같은 시대에도 그 지경인데 그때는 어땠을까?

"그래, 그때는 그랬지."

"네, 아마도 그 당시에 있던 수많은 그런 가짜 고아원 중 하나인 듯합니다. 그나마 지금은 그런 짓거리를 못 합니다만."

왜냐하면 법이 바뀌면서 개인이 보육원을 만들 수가 없기 때문이다.

정확하게는, 개인이 만든다고 해도 법인화를 시켜야 한다.

그리고 애초에 그런 보육원을 만드는 조건이, 정부에서 정한 규모를 맞춰야 한다.

그 때문에 작게 만들어서 애들 몇몇 잡아 두고 '불쌍하니까 도와주세요.'라고 하는 건 불가능하다.

"혹시 공동생활 가정은 아니고?"

"아닙니다. 애초에 그 시기에 그런 개념도 없었고요. 그리고 분명 적혀 있습니다, 석양고아원이라고."

공동생활 가정은 보육원과는 좀 다르다.

성인 한 명이 서너 명 정도 되는 청소년기 아동들을 보호하면서 한 집에서 생활하는 것인데, 이건 개인도 충분히 열 수 있다.

"그리고 애초에 이름 자체가 이상하지 않습니까? 석양고아원이라니. 고아원 이름을 지는 해라고 짓는 게 말이 됩니까?"

애들이 있는 공간인 만큼 대부분은 아이들의 미래를 위해서라도 희망이 들어간 이름을 짓기 마련이다. 새벽고아원이라든가 태양고아원같이 말이다.

그런데 석양?

"하긴, 석양이 예쁘기는 하지만 고아원에 어울리는 이름은 아니지."

"어찌 되었건 그 당시에 석양고아원이라는 곳은 아무리 찾아도 없더군요."

"돌겠군."

그런 곳이라고 하면 당연히 흔적도 남지 않았을 거다. 그리고 그런 곳과 거래했던 한국의 입양 단체가 멀쩡한 곳이었으리라고 보기도 힘들다.

아마도 그들도 대충 애들 수출해서 주머니나 두둑하게 채우는 게 목적이었을 거다.

"그렇다고 해서 포기할 수는 없지 않나?"

"그래서 고민 중입니다. 그나마 다행히 그 석양고아원의 위치가 남아 있기는 한데요."

"오, 그래? 어딘데?"

"분당입니다."

"분당?"

"네. 분당 신도시 한복판입니다."

그 말에 송정한은 긴 한숨을 쉬었다.

분당 신도시. 한국에서 가장 유명한 신도시이며 동시에 가장 뜨거웠던 신도시 프로젝트의 시작점.

얼마나 열기가 뜨거웠는지 오죽하면 천당 위에 분당이라는 말이 생길 정도였다.

석양고아원의 옛 주소지는 이미 아파트로 가득한 거대한

신도시로 바뀐 지 오래였다.

물론 그렇다고 해서 정보가 아예 없는 건 아니었다.

"등기부 등본상 소유주 기록이 남아 있으니까요."

노형진은 무태식 변호사와 함께 기록을 살피며 말했다.

그는 피곤한 눈을 문지르면서 기록을 확인했는데, 그 당시의 기록에 따르면 거기에는 농가가 하나 있었다.

"보육원이 있을 자리가 아닌데요."

"뭐, 불법 아닙니까? 지금도 불법 건축이 판치는 판국인데 그 당시에 그런 게 없었겠습니까?"

노형진은 어깨를 으쓱하며 말했다.

"아시다시피 그 당시에는 적당히 돈만 쥐여 주면 공무원들이 다 눈감아 줬으니까요."

더군다나 동네 사람들끼리 서로 신고하거나 하는 걸 꺼리는 게 현실이었으니까.

그건 지금도 마찬가지다.

"그나저나 땅 주인이 범인일까요?"

"그럴 가능성이 높죠."

사기를 쳐서 돈을 뜯어내는 놈들이 과연 멀쩡하게 다른 사람 땅을 빌려서 썼을까?

"그러니까, 그 땅 주인 이름이……."

노형진은 혹시나 하고 확인하다가 눈을 찡그렸다.

"얼씨구?"

"왜 그러십니까?"

"이름이 참 익숙하다 싶어서요."

"이름이 익숙하다고요?"

"네."

노형진은 톡톡 이름을 건드렸다.

금태양. 이 이름을 안다.

"주선 씨를 보냈던 단체 대표 이름이 뭔지 기억하시죠?"

"금태양이었죠. 허?"

"아예 일원화 시스템으로 만들어 놨군요."

하긴, 보육원을 운영하다 보면 아이들은 자라나기 마련이다. 그러면 학교와 관련된 문제가 생긴다. 당연히 돈이 많이 들어간다.

"그러니까 애들을 미국으로 수출해서 최종 수익을 낸다 이거네요."

"그런 것 같은데."

문제는 그게 끝이라는 거다.

금태양의 이름은 거기서 끝이다.

당연하다면 당연한 거다. 농가는 이미 아파트로 바뀌었고, 주소 자체도 완전히 바뀌었으니까.

"그러고 보니 시기가 비슷하군요."

분당 신도시가 생긴 시점과 그가 해외 입양 단체를 해산한 시점이 아주 비슷하다.

"금태양…… 금태양……."

그런데 무태식은 그 이름을 계속 곱씹었다.

"왜 그러십니까?"

"아니, 이 금태양이라는 이름이 익숙해서요."

"요즘 금태양이라고 밈이 있어서 그런 거 아닌가요?"

"네?"

"그거 있지 않습니까? 금발 태닝 양아치."

"네?"

"아니요. 그런 게 있습니다."

노형진은 왠지 어색하게 웃었다.

하긴, 대부분의 변호사들이 밈하고는 거리가 먼 삶을 살아
가니까.

"뭐, 그건 아니고……. 그러니까…… 아! 생각났다."

"아는 사람인가요?"

"아는 사람이라고 해야 하나요, 모르는 사람이라고 해야
하나요? 이름만 알 뿐이지만 누군지는 알죠."

"네?"

노형진은 무태식의 말에 고개를 갸웃했다. 뭔 소리인지 이
해가 가지 않았던 것이다.

그런데 그런 노형진에게 무태식은 생각지도 못한 말을 해
줬다.

"제가 살던 동네에서 국회의원 후보로 세 번이나 나왔던

인간입니다."

"후보요?"

"네. 처음에는 민주수호당 후보였다가 그다음에는 자유신민당 후보였고, 그다음에는 무소속으로 나왔죠, 아마?"

"네? 뭡니까, 그게?"

정치라는 건 신념을 가지고 하는 행위다.

설사 아니라고 해도 일단 외부에 언행이 일관되게 보여야 한다.

그래서 대부분의 후보들은 한쪽 당으로만 나오고, 그게 힘들다고 해도 진보당에서 진보당으로 옮기거나 보수당에서 보수당으로 옮겨서 출마하지, 진보당에서 보수당으로 바꿔서 출마하는 일은 거의 없다.

거기다가 마지막에는 뜬금없이 무소속?

"네. 그러니까 제가 기억하죠. 뭐, 국회의원 후보가 적은 건 아니지만 그래도 주력 후보 아닙니까? 거기다 세 번이나 나오는 사람이 뭐 흔한가요?"

"하긴, 그러네요."

노형진은 고개를 끄덕거렸다.

"하지만 그 사람이 범인일까요? 돈 엄청 많아 보이던데 굳이 그런 짓을 할 이유가……."

노형진은 그 말에 고개를 돌려서 아파트를 바라보았다.

"돈이 많아져서 그런 짓을 하는 사람들이 대부분입니다.

불법은 부지런하니까요."

　하늘 높이 서 있는 아파트를 보면서 노형진은 쓰게 웃었
다.

무능과 무능 사이

분당 신도시.

이곳과 관련되어 사람들이 이제는 거의 기억하지 못하는
것 중 하나.

사실 분당은 가난한 동네였다.

신도시라는 건, 그것도 1기 신도시라는 건 그런 동네에 생
길 수밖에 없다.

그렇게 잘사는 나라가 아니었던 그 당시의 대한민국이 비
싼 동네에 보상해 주려면 배보다 배꼽이 클 수밖에 없었을
테니까.

"분당은 원래 대부분이 그린벨트로 묶여 있었습니다."

너무 오래되어서 사람들이 기억하지 못하는 사실이었다.

노형진이 그걸 아는 이유는 간단하다. 회귀 이후에 돈을 벌기 위해 주요 신도시 지점을 계속 확인하고 조사했기 때문이다.

　"아시겠지만 한국의 그린벨트는 아주 독하죠."

　전 세계에 자연보호 계획이 없는 나라는 거의 없다시피 하지만 한국의 그린벨트 시스템은 그 안에서도 수위를 다툴 정도로 강력하다.

　어느 정도냐면, 한국의 그린벨트 내에서는 자기 집이라고 해도 수리하기 위해서는 허가를 받아야 하며, 그 허가마저도 잘 안 나온다.

　최소한 자기 집 수리 정도는 허가하는 다른 나라와는 다르다.

　"그래서 분당이 첫 번째 장소가 된 겁니다."

　강력한 그린벨트로 묶여 있어서 땅값이 엄청나게 쌌으니까.

　더군다나 그런 곳이다 보니까 거래 자체도 거의 없었다.

　그 당시만 해도 그린벨트가 풀려서 재개발될 거라는 개념 자체가 거의 없었다.

　그 당시에 그린벨트에 묶여 있으면 그냥 버려진 땅으로 생각했다.

　"그래서 확인해 봤습니다. 그런데 장난 아니게 많더군요."

　"땅 말이죠?"

"네."

확인 결과, 금태양이 그 당시에 가지고 있던 땅이 어마어마하게 많았다.

그런데 그 모든 땅이 버려진 땅, 즉 그린벨트였다.

버려진 땅. 심지어 대부분이 농사도 짓지 못하는 땅이었다.

그린벨트로 묶인 곳에 논이나 밭이 있었다 해도, 나무 한 그루 잘라 내는 것도 힘들어지니까 진짜로 버려지는 땅이 된 거다.

"그리고 거기가 재개발되면서 대박이 난 거죠."

노형진은 운전하던 차를 멈추고 건물을 바라보았다.

12층짜리 건물. 그곳에 붙어 있는 이름.

태양 아동 인권 재단

"하긴, 돈 없는 사람들이 돈이 생기면 권력을 꿈꾸니까."

무태식이 간판을 보면서 말하자, 노형진이 나지막하게 중얼거렸다.

"똥개가 똥을 끊지."

여러모로 볼 때 금태양은 분명 아이들을 수출해서 주머니를 채우던 인간이었다. 그런데 아동 인권 재단이라니.

"일단 들어가시죠."

"좋은 말로는 안 될 것 같죠?"

"아마도 안 될 것 같습니다만."

노형진은 고개를 끄덕거리고 안으로 들어갔다.

12층짜리 건물 자체가 금태양의 소유였고, 12층은 아예 재단에서 통으로 쓰고 있었다.

그러나 그들이 안으로 들어갔을 때 보인 건 직원 두 명이 한가하게 놀고 있는 모습이었다.

한 명은 인터넷 쇼핑이라도 하는 듯했고, 다른 한 명은 게임 삼매경.

"누구세요?"

껌을 짝짝 씹으면서 물어보는, 쇼핑을 하던 여직원.

"오늘 약속하고 왔습니다만."

"아, 새론?"

"네."

"아빠! 손님 왔어!"

"들어오라고 해!"

아니나 다를까, 고용한 직원이 아니라 딸인 모양이다.

노형진은 안으로 들어가면서 게임에서 눈을 못 떼는 아들 직원을 바라보았다.

'뭐, 저쪽은 아들쯤 되는 모양이군.'

그렇지 않았다면 지금 상황에서 눈치 보고 움직였을 테니까.

이것이 법이다

그리고 생긴 것도 그랬다.

'와, 진짜 금태양 실화냐?'

금발 태닝 양아치, 그 실사화 버전이 떡하니 앉아 있자 신기할 지경이었다.

다행히 그는 게임에 빠져서 그 시선조차 느끼지 못하는 듯했다.

노형진은 그를 지나서 안으로 들어갔다.

"반갑습니다. 노형진입니다."

"금태양이라고 하오. 그래, 나를 찾아왔다고?"

금태양의 눈에는 왠지 탐욕이 서려 있었다.

그럴 만도 하다. 그도 새론이라는 이름을 알고 있을 테니까.

그는 국회의원이 되기 위해 막대한 돈을 들였다.

한 번만 국회의원이 된다면 본전 이상을 뽑을 수 있을 거라 생각했기 때문이다.

하지만 그건 그리 쉬운 일이 아니었다.

그런데 새론을 뒤에 업고 한다면? 이야기가 달라진다.

그 때문에 그는 기대감에 가득 차 있었다.

"반갑소. 앉으시오."

정중하게 말하는 금태양.

그는 노형진과 무태식의 앞에 자리를 잡았다.

"나한테 도움을 요청할 게 있다고?"

"네. 사실은 저희 의뢰인께서 도움을 요청해서요."

"도움? 내가 그쪽 의뢰인을 도울 일이 있을까?"

"네. 혹시 석양고아원이라고 아십니까?"

그 말에 금태양의 눈이 살짝 흔들렸다.

이내 금방 잠잠해졌지만, 이미 예상하고 있던 노형진은 그 변화를 알아차린 후였다.

"석양고아원? 나는 모르는 곳인데."

"그럴 리가요. 주소지가 금태양 선생님 땅으로 되어 있던데요."

"내 땅에? 그럴 리가."

"아니, 지금은 아니고 옛날에 말입니다. 그 당시에는 광주군 돌마면이었죠."

"그건 수십 년 전 일인데."

"네. 그래도 혹시나 해서 말입니다."

"일단 내 땅에는 고아원 같은 것은 없었소. 미안하군. 도와줄 게 없어."

금태양은 고개를 흔들었다.

"시간만 낭비한 것 같아서 미안하군. 그럼 이만 가 주겠소?"

들어온 지 채 3분도 안 지났다.

그런데 가란다. 어지간히도 켕기는 모양이다.

'하긴, 그 당시에 불법이라는 걸 몰랐을 리가 없지.'

그리고 진짜로 아이를 수출까지 했으니 그럴 만도 했다. ·

"선생님."

노형진은 목소리를 낮췄다.

이런 타입은 말로 도움을 요청해 봐야 들어 처먹지를 않는다.

"석양고아원 출신을 제가 굳이 하나하나 찾아야겠습니까?"

"지금 협박하시는 거요?"

"협박이 아니죠. 석양고아원을 운영했다고 하신 건 제가 아니라 선생님입니다."

노형진은 피식 웃으면서 뭔가를 꺼내서 내밀었다.

그걸 본 금태양의 얼굴은 사색이 되었다.

"아무래도 고아원을 운영했다고 하면 사람들에게서 동정표를 얻기 쉽지요."

금태양이 선거 당시에 제출한 약력, 거기에는 석양고아원 원장이라고 떡하니 박혀 있었다.

"좋은 생각이죠."

어차피 사라진 고아원이고, 그걸 파고들 사람은 없다. 이제 와서 그게 불법 고아원이라고 뭐라고 할 사람도 없고 말이다.

즉, 선거에서 자신이 착한 사람이라는 어필이 된다.

"그리고 그 당시에 진짜 순수한 마음으로 고아원을 운영한 사람들이 없었던 것도 아니고요."

'당신은 아니겠지만.'

그 당시에는 진짜 고아원들이 열악했다.

고아원 출신들이 뻐딱하고 질이 안 좋다는 이미지가 생긴 이유는 그 당시 고아원의 상황을 보면 이해가 간다.

말 그대로 관리도 못하고 딱 굶어 죽는 것만 면하게 해 줬으니까.

실제로 보다 못해서 불법적으로 고아원을 운영해서 생활을 지원해 준 독지가들이 없는 것도 아니었다.

그 당시는 불법 고아원이나 합법 고아원이나, 돈이 들어오면 원장 주머니로 들어가는 게 거의 확정적이었으니까.

"그러니까 여기까지만 보면 그래도 쓸 만한 타이틀이지요. 안 그렇습니까?"

노형진의 나지막한 말에 금태양의 눈동자가 이제는 감출수 없을 만큼 흔들렸다. 그만큼 위협을 느끼는 거다.

"하지만 제가 석양고아원 출신을 찾아낸다면 어떨까요?"

노형진은 씩 웃으며 말했다.

"마침 형제복지회 사건으로 제법 시끄럽다죠?"

정상적인 애들 케어가 목적이었다면 당당할 것이다.

그 당시에 불법적으로라도 아이들을 살리려고 했다는 것이 창피한 일은 아니니까.

그런데 저렇게 당혹한다는 건, 그 당시에조차 용납받지 못

할 정도로 개판으로 운영했다는 소리다.

"나한테 뭘 원하는 거요?"

"저도 개싸움은 하기 싫습니다. 어차피 법적으로는 공소 시효도 지났고요. 물론 정치를 하고 싶어 하시는 분이니만큼 사회적 문제라는 게 있지만."

투표 직전에 석양고아원 출신이 나타나서 입이라도 뻥끗하면 그대로 그는 나락으로 떨어지는 거다.

"크흠……."

노형진의 말에 금태양은 헛기침을 했다. 그리고 결국 순순히 인정했다.

"좋소. 인정하리라. 석양고아원은 내가 운영했소. 아주 좋은 목적으로 말이오."

애써 변명 아닌 변명을 하는 금태양.

노형진은 고개를 끄덕거렸다.

"좋습니다. 그러면 당시에 같이 운영했던 해외 입양 단체에 관한 기억도 있으시겠네요?"

"아니, 나는 그런 걸 운영한 기억이……."

"해외에서 한번 찾아볼까요?"

"……."

해외 입양은 아무래도 보육원과는 느낌이 다르다.

그 이전에는 나쁜 이미지는 아니었지만, 현실이 알려지면서 아이들을 수출하는 곳이라고 사람들이 인식하기 시작했기 때문이다.

"뭐…… 미안하오. 그래서, 원하는 게 뭐요?"

"두 곳의 기록, 어디 있습니까?"

"기록이…… 뭐…… 건물을 철거하면서…… 다 태워 버렸지. 애초에 기록이라고 할 만한 것도 그다지……."

'내 이럴 줄 알았다.'

사람들이 주는 기부금을 빼돌리기 위해 만들어 낸 시설들이니 당연히 제대로 기록을 남겼을 리가 없다.

"어차피 법적인 보관 기간도 지났고."

마치 법을 잘 지키는 준법 시민인 것처럼 말하는 금태양을 보면서 노형진은 눈을 찡그렸다.

"그러면 도움이 될 만한 게 없겠군요."

애초에 입양 보낸 아이들의 이름도 모를 테니.

"아니, 대부분의 애들은 내가 기억을…… 못 하지만 노력은 해 보리다."

"그러면 세 살쯤에 미국으로 해외 입양 보낸 여자아이에 대해 기억하시는 게 있습니까?"

"흠…… 너무 많은데. 솔직히 내가 해외로 보낸 아이들이 꽤 많아서……."

이쯤 되니 금태양도 슬슬 노형진의 눈치를 살피기 시작했다.

정치권에 들어가기 위해 노력하는 과정에서 노형진이라는

존재에 대해 듣지 못했을 리가 없으니까.

"그렇단 말이지요, 후우."

노형진은 아주 긴 한숨을 내쉬었다.

그러자 금태양은 찔끔했다. 그리고 열심히 기억을 더듬었다.

"대략적인 시기라도 말해 주신다면……."

금태양은 노형진에게 정확한 입양 시기를 물었다. 그리고 그 시기에 있었던 일들을 기를 쓰고 더듬기 시작했다.

"아…… 미안하오. 도무지……."

"역시."

노형진은 고개를 끄덕거렸다.

예상했던 일이다. 그리고 그 대응책도 안다.

"제가 들은 게 있습니다. 사람이 위기가 닥치면 자기가 평생 먹은 밥그릇 수도 기억해 낸다고 하더군요."

그 말에 금태양의 얼굴이 노래졌다.

그건 과거 독재 시대에 고문 기술자가 한 말이다. 그리고 노형진은 신체적인 고문은 못해도 금태양을 몰락시킬 능력은 된다.

물론 노형진도 이런 협박을 하고 싶지는 않았다.

'하지만 모를 리가 없지.'

그 당시 불법 고아원이라면 규모가 클 수가 없다.

아무리 지역 관리들과 붙어먹어서 쉬쉬하고 넘길 수 있었다지만, 그렇다고 해서 터무니없는 규모를 가질 수는 없었다.

'해외 입양 단체를 함께 운영한 이유가 그거겠지.'

그것만으로는 충분한 돈을 못 버니까, 비슷한 다른 불법 고아원들을 통해 아이들을 수출하는 것.

그게 차라리 어떤 면에서는 돈이 더 되니까.

결과적으로 본다면 그는 기억을 더듬는 척하지만 그건 한편으로는 설마 노형진이 뭔 짓을 하겠느냐고 생각하고 있다는 뜻이기도 하다.

기껏해야 스무 명도 안 될 게 뻔한 보육원에서 세 살짜리 여자아이가 미국으로 보내질 가능성이 얼마나 높겠는가?

"잠깐…… 기다리시오. 잠깐, 잠깐……. 아, 그래. 그래…… 잠깐만."

그는 자리에서 일어나서 커다란 자신의 방 안을 돌아다니면서 기억을 곱씹었다.

이제 좆 되었다 싶으니 머리가 돌아가나 보다.

노형진은 그런 그를 바라보다가 옆에 있던 무태식 변호사를 돌아보았다. 그는 핸드폰을 보고 있었다.

"뭐 하십니까?"

"아, 아는 기자들에게 연락하는 중입니다. 이거 인신매매에 해당될 것 같아서요."

그 말을 아주 들으라고 크게 말하는 무태식.

그 말에 금태양의 발걸음이 더 빨라졌다.

"으으으으."

심지어 자신도 모르게 신음까지 흘려 댔다.

그렇게 한 30분 정도 사무실 안을 뱅뱅 돌던 금태양이 갑자기 우뚝 섰다. 그리고 혹시나 하는 얼굴로 노형진을 바라보았다.

"아…… 저기 말입니다. 그러니까…… 어, 그 애 이름이 춘향입니까?"

"네?"

"아니, 그 상황에 맞는 애가 하나 있는데, 이름이 춘향이었거든요."

"아…… 글쎄요? 한국 이름은 모르는 것 같더군요."

만일 부모가 이름을 알려 줬다면 알고 있었을 것이다. 하지만 주선은 자신의 한국 이름을 몰랐다.

"그런데 왜 이름이 춘향입니까?"

"크흠…… 진짜 이름은 아닙니다. 그러니까 저희 쪽에 잠깐 있었습니다. 잠깐, 한…… 5개월?"

"5개월요?"

"네, 그래서 제가 기억을 잘 못했던 겁니다."

금태양의 말에 따르면, 그 아이는 어느 날 고아원 앞에 버려져 있었다고 한다.

그 당시에 두 살이 좀 넘은 듯 보였는데, 당연히 말도 제대로 못했다.

"그런데······ 그러니까······ 버려진 상태로 있는 걸 저희가 받아들이고······."

얼마 있지 않아서 미국에서 아이들을 고르고 입양을 보냈는데, 가장 인기 많은 타입이 어리고 예쁜 여자아이였다.

"저희는 이름을 모르니까 그냥 춘향이라고 불렀습니다."

그리고 짧은 5개월의 고아원 생활을 마치고 미국으로 간 거라는 거다.

"그러면 부모에 대해서는?"

"모르죠. 애들을 버리고 가는 부모들이 한둘도 아니고······."

"하아?"

하긴, 그 시대에는 애들을 버리는 경우가 제법 많았다고 들었다.

복지 시스템 자체가 거의 없던 시절이었고, 혹시라도 처녀가 아이를 낳으면 그대로 인생이 끝나던 시절이니까.

지금처럼 미혼모에 대한 지원? 그런 게 어디 있나.

사회적으로 그때는 그냥 화냥년 취급이었다.

심지어 부모들도 가난하다는 이유로 애를 버리는 경우가 종종 있던 시절이다.

"이런."

노형진은 눈앞이 캄캄해졌다.

"결국 부모를 찾을 수 없다는 거군요."

"현재로서는 그렇습니다. 다만 이름이 춘향이라고만."

"애초에 그게 제 진짜 이름도 아니고 단 5개월간만 불린 이름이라면서요. 그런 거라면 주선이라는 이름을 계속 쓰겠습니다. 저에게는 남자 친구가 지어 준 의미 있는 이름이니까요."

"그러는 게 좋겠네요."

"그나저나 참 성의 없는 이름이네요. 저도 춘향전은 아는데요."

"네…… 뭐…….."

노형진은 쓰게 웃었다. 조선 시대도 아니고 춘향이라니.

'설마 이 새끼, 버려진 애들한테 죄다 춘향1, 춘향2, 춘향3 같은 식으로 이름 붙인 거 아냐?'

얼마나 어이가 없는지 그런 생각이 들 정도였다.

차라리 그 당시 인기 있던 배우 이름이라도 붙여 줄 것이지.

"그러면 일단 실종 후 사망으로 되어 있는 걸 부활시키는 건 힘들다는 소리겠군요."

"네. 솔직히. 이런 경우는 방법이 하나뿐입니다."

법이 없다면 노형진이 할 수 있는 건 한계가 명확하다.

결국 법을 만들어야 한다.

"헌법 소원을 해야 할 듯합니다."

"헌법 소원요?"

"네. 해외로 입양된 아이들의 국적을 박탈하는 법률에 관해 말이지요."

"하지만 시간이……."

"오래 걸리겠지요."

못해도 5년. 그러면 그녀의 나이는 서른여섯 살.

더군다나 헌법 소원을 한다고 해서 무조건 문제가 해결되는 건 아니다.

헌법 소원을 할 경우 그 법이 효력을 잃어버리게 되는데, 그건 현재 입양되는 애들을 기준으로 적용된다.

이미 입양된 사람들을 소급해서 국적을 복구하기 위해서는 별도의 법을 또 만들어야 한다.

"쉽지 않네요."

"네. 다만 그것과 별개로 일단 손해배상 소송 자체는 할 수 있을 것 같습니다. 뭐, 그것도 주민등록번호가 나온 후에나 가능할 테니……."

노형진의 말에 주선은 고개를 갸웃했다.

"소송요? 손해배상요?"

"네. 이게 원래 입양에 관련된 법률상, 국적의 상실은 입양이 확정되고 아이가 해당 국가의 국적을 얻은 것을 확인한 후에 하도록 되어 있거든요."

하지만 공무원이라는 인간들이 그렇게 열심히 일하는 놈

들이 아니다.

입양 관련 서류가 들어오면 그걸 핑계 삼아서 그냥 그대로 국적을 박탈해 버린다.

최종 심사? 그딴 건 없다. 전화 한 통 해서 확인하는 절차조차도 없다.

"그러니까 손해배상을 받아 낼 수는 있을 겁니다. 다만……신분이 특정되면요."

미국 국적이라면 그 국적으로 소송이 가능하고, 한국 국적이라면 그 신분으로 소송이 가능하다.

그런데 주선은 존재하지 않는 사람이다.

그리고 현행법상, 법적으로 존재하지도 않는 사람의 소송 권한에 관해서는 아예 논의가 된 적이 없다.

그런 상황에서 법원에서 과연 소송 권한을 인정해 줄까?

'글쎄.'

아마 그랬다면 이미 수십 년 전부터 한국에 있던 수많은 무국적 입양아들이 소송으로 국적을 복구했을 것이다.

"그렇군요. 알겠습니다."

"일단 헌법 소원은 진행하는 걸로 하시죠. 아시겠지만 이런 문제가 하루 이틀 문제도 아니고."

분명 확실하게 해결하고 넘어가야 한다.

노형진이 막 다음 계획을 설명하려고 하려는 찰나였다.

갑자기 문이 열리면서 무태식 변호사가 들어왔다.

"노 변호사님!"

"무태식 변호사님, 오늘 다른 사건 재판이 있다고 하시지 않았나요?"

"네? 아, 그건 끝났습니다. 급히 아셔야 할 게 있어서요."

"제가요? 뭔데 그러십니까?"

노형진은 고개를 갸웃했다. 자신이 급하게 알아야 할 사안이라니?

"어…… 그러니까 주선 씨 말입니다. 아니, 춘향 씨라고 해야 하나."

"주선이라고 해 주세요."

"아, 네. 일단, 네, 뭐, 그, 춘향 씨."

"네, 부모님이라도 나타난 겁니까?"

"그게 아니라요. 국적…… 살아 있는데요?"

그 말에 노형진은 어이가 없어서 그대로 얼어붙었다.

⚖

"하, 이 빌어먹을 공무원 새끼들……."

노형진은 안도와 동시에 짜증과 한심함이 섞인 한숨을 내쉬었다.

이름 : 성춘향

부모 : 미상

등록자 : 금태양(석양고아원 원장)

"저 지금까지 뭐 한 거죠?"

"아니, 그러니까······. 그러네요, 진짜."

긴 한숨을 내쉴 수밖에 없는 상황.

주선의 주민등록번호가 살아 있었다.

그것도 성춘향이라는 이름으로.

아무리 귀찮다고 해도 성씨마저 그대로 쓰다니.

"공무원들의 무능에 감사해야 하나?"

원래 국적의 박탈은 해당 아동의 외국 국적 취득을 확인한 후에 이루어져야 한다.

하지만 대부분의 공무원들이 그렇듯 제대로 확인도 안 하고 그냥 박탈해 버려서 보통 지랄맞은 상황이 된다.

그런데 국적 박탈 자체도 일이니, 공무원들이 그것조차 하지 않는다면?

원래 사고란 작은 게 쌓이고 쌓여서 생긴다고 한다.

지금도 마찬가지다.

그동안 국적 회복을 위한 온갖 방법을 찾고 있었는데, 알고 보니 주선의 국적은 살아 있었다.

그것도 성춘향이라는 이름으로.

이유는 간단했다. 그 당시 공무원이 완전히 일을 안 해서.

해외 입양 통지를 올리지 않는 바람에 그녀의 국적 박탈 절차 자체가 진행되지 않은 것이다.

물론 정부에서는 그녀가 나이를 먹어 감에 따라 여러 가지 절차를 밟기는 했다.

학교에 가라고 통지서를 보내거나 하는 것 말이다.

하지만 이미 그때쯤은 석양고아원은 사라지고 아파트가 올라간 후였으니 주소 없음으로 반송. 그렇게 그녀는 망각 속으로 사라진 것이다.

"뭔 개 같은 경우랍니까? 이번에는 공무원의 무능함을 칭찬해야 하는 건가."

노형진은 기가 막힌다는 듯 중얼거렸다.

"그나저나 무태식 변호사님은 어떻게 아신 겁니까?"

"일단 고아 호적이라도 확인하려고 했죠."

아무리 어린아이라고 하지만 신분도 없는 사람을 비행기에 태울 수는 없다. 그래서 그럴 때는 보통 보호자가 고아 호적이라는 걸 만들어 준다.

가족 관계 같은 게 있는 게 아니라, 말 그대로 해외로 나가기 위해 필요한 정보만을 만드는 것이다.

애초에 국적 박탈이라는 것도 호적에 올라가 있어야 가능한 건데, 기록이 없는 사람의 국적을 박탈할 수는 없으니까.

"그래서 확인 절차 중이었지요. 고아 호적이라도 확인해서 최소한의 정보라도 얻어 보려고요."

"그런데 성씨는 어떻게 아신 겁니까?"

"아…… 그냥 이름이 춘향이니까요. 금태양이 성씨를 고민해서 붙여 줄 타입은 아닌 것 같아서요."

너무 단순하지만 또 확실한 논리이기도 했다.

노형진은 복잡하게 생각하느라고 놓친 부분이었고.

"하여간 그래서 확인해 보니 아직 국적이 살아 있더군요."

하긴, 자동으로 서류가 올라가는 것도 아니고 그 당시라면 당연히 서류를 작성하고 복사해서 우편으로 발송해야 하니, 게으른 공무원이 깜빡하면 그걸로 끝이었을 것이다.

"그럼 저는 이제 춘향이가 되는 건가요?"

"아직은 아닙니다만……."

"아직은 아니라니요? 하지만 기록이……."

"그게 문제입니다."

그녀가 춘향이라는 걸 입증할 수 있는 자료가 없다.

물론 입양되었다는 기록이 있지만 그건 이미 사라졌고, 해당 공무원들이 가지고 있을 가능성은 없다. 보관 기간이 지났으니까.

결과적으로 존재하지 않는데 존재하는 괴상한 형태가 되어 버린 것이다.

"더군다나 나이가 어린 시절이었으니 등록된 지문 같은 것도 없었을 테고요."

가족이라도 있었다면 찾아보겠건만 아무도 없다.

그런데 덮어놓고 이제 가서 '이 사람이 사실은 성춘향입니다.'라고 하면 그걸 정부에서 믿을까? 그럴 리가.

"입증은 다른 문제입니다."

애초에 부활하자는 게 노형진의 계획이었지만 그것도 가족의 보증이 있어야 한다. 그런데 이건 그것마저도 불가능하다.

"와, 어떤 면에서는 더 더럽게 꼬이는군요."

"그런 것 같습니다."

노형진은 쓰게 웃으면서 간단한 기록을 살펴보았다.

주민번호 같은 건 없다. 당사자가 아니고, 무태식이 대리인이라는 증거도 없으니까.

가용한 것은 성춘향이라는 사람이 존재한다는 정도의 정보뿐.

"일단 방향을 바꾸는 쪽으로 하죠."

"아, 그러면 헌법 소원은?"

"일단 그건 진행해 주셨으면 합니다. 이게 어떻게 될지도 모르고, 아까 말씀드렸다시피 피해자가 한둘이 아니라서요."

그 말에 주선은 고개를 끄덕거렸다.

노형진의 말대로 한다고 해서 손해 보는 건 없으니까.

"그래도 일단은 축하드립니다."

노형진이 두 손을 꼭 잡으면서 말하자 주선은 자신도 모르게 눈물을 흘렸다.

신분을 복구하기 위해서는 소송이 필수다.

그나마 다행인 것은 관련자가 아예 없는 건 아니라는 것이다.

금태양.

믿을 수는 없지만 그래도 일단 5개월이나 있던 고아원의 주인이었기에, 그가 유일한 증인이었기에 그에게 도움을 요청했다.

사실 요청이라기보다는 강권이었다.

거부할 시에는 보복이 따라오는.

그걸 알기 때문에 그런지 금태양은 기꺼이 참가하겠다면서 격하게 고개를 끄덕거렸다.

"그나저나 의외로 금태양에게 보복을 안 하시네요?"

무태식은 소송 준비를 하면서 노형진에게 물었다.

"불법이기는 하지만 합법과 별반 다르지 않았던 시대라고 하니까요."

노형진은 어깨를 으쓱하며 말했다.

"보육원같이 지원이 필요한 곳에 지원하기 시작한 지는 얼마 안 되었죠, 그 전에는 개인의 돈이나 기부만으로 운영되었고요."

합법? 불법? 사실 그 차이가 거의 없던 시절이었다.

"물론 아이들을 험하게 다룬 건 사실이지만요."

노형진은 쓰게 웃으며 말했다.

"하지만 그 때문에 죽을 아이들이 살아남은 것도 어느 정도는 사실입니다. 그 당시의 필요악 같은 존재라고 생각합니다."

"그래서 용서하시는 건가요?"

"용서한 건 아닙니다. 안 그래도 단단히 경고는 해 놨습니다. 정치권을 기웃거리면 인생 종칠 거라고요."

필요악이라지만 악은 악이다.

더 나은 시대를 위해 앞으로 나아가야 하는 시점에서는 정리하고 가야 하는 존재다.

"대충 이해는 가는군요. 하긴, 아이들 미국으로 보낸 게 꼭 잘못한 것도 아니고."

"네. 잘못된 건 시스템이지 미국에 보냈다는 행위 자체는 아니죠."

노형진과 무태식이 그런 대화를 나누는 그때, '띠링' 하고 문제가 도착했다.

노형진이 핸드폰을 열어 보더니 피식하고 웃었다.

"이 사람도 양반은 못 되는군요."

"아, 금태양입니까?"

"네. 그런데 무슨 일일까요? 연락할 일이 따로 없는데."

핸드폰을 열어서 확인하니 사진 한 장과 함께 문자가 와 있었다.

—증언을 위해 자료를 찾다 보니까 나온 겁니다. 제 기억이 맞다면 춘향이가 제 고아원에 왔을 때 찍은 사진입니다. 자료 자체는 다 버렸는데 제 개인 사진으로 빠져 있더군요.

오래된 필름 카메라로 찍은 사진.

그 안에는 어색하게 웃고 있는 금태양과 완전히 얼어붙어 있는 여자아이가 서 있었다.

한 세 살쯤 되어 보이는 아이는 공포 때문인지 얼어붙어 있었는데, 얼마나 울었는지 눈 주위가 퉁퉁 불어 있었다.

—오래된 사진이군요.

—저도 잊어버리고 있었습니다.

작은 사진이지만 그래도 확실하게 알아볼 수는 있는 사진이었다.

"운이 좋군요. 사진이 있답니다."

"그래요? 다행이기는 한데, 그렇다고 해서 도움이 될지 모르겠네요, 사진에 찍힌 모습이 워낙 어리니."

소송할 때 제출이야 할 수 있겠지만 이 사진 속 아이가 주선이라는 증거가 없다.

주선에게 어릴 적 사진이 있다면 모르겠는데 애석하게도 그런 것은 없었다.

"아, 그래도 방법이 없는 건 아닙니다. 이 사진을 기반으로 성장한 모습을 그려 볼 수 있을 테니까요."

과학기술이란 건 놀라워서, 아이 때의 사진을 기반으로 성인이 된 모습을 그려 볼 수 있다.

물론 완벽하게 100% 맞는 건 아니다. 아무래도 식생활이나 삶의 상황 같은 것에 따라 달라지니까.

하지만 그래도 대부분의 경우 상당히 비슷하게 나온다.

"실제로 실종 아동의 경우 성장한 모습을 그려 보지 않습니까?"

"아, 그랬죠."

5년 전에 실종된 아이의 모습을 그대로 사진에 쓰면 사람들은 대부분 인식하지 못한다.

그 때문에 그 사진을 가지고 시간의 흐름을 적용해서 현재의 모습으로 추정되는 사진을 올리는 경우가 많다.

"그러면 그걸로 소송할 때 어느 정도 도움을 받을 수 있겠네요."

"아예 없는 것보다는 나을 겁니다."

노형진은 그렇게 말하면서 사진을 보다가 문득 이상하다는 생각을 했다.

"흠, 오래된 사진이라 정확히는 모르겠습니다만……."

"뭐가 이상합니까?"

"아…… 그게 말이죠."

아마 혼자 있었다면 몰랐을 것이다. 하지만 사진 속에는 다른 아이들이 같이 있었다.

그러다 보니 아무래도 티가 날 수밖에 없다.

"이 사진 속에서 주선 씨가 입고 있는 옷 말입니다, 상당히 고급스러워 보이지 않나요?"

"음…… 그렇기는 하군요."

노형진은 그 옷을 보면서 고개를 갸웃했다.

두세 살짜리 아이 옷치고는 상당히 비싸 보였으니까.

"주선 씨를 버린 친부모가 이 옷을 사 준 걸까요?"

"글쎄요. 그게 가능할까요? 보통 아이들을 버리는 건 돈이 없어서 아닌가요?"

"이 시대에는 보통 그렇기는 한데……. 뭐, 마지막 정 같은 것 때문일 수도 있지 않습니까?"

"그럴 수도 있습니다만……."

실제로 아이를 버릴 때 비참하고 미안한 감정으로 좋은 걸 사 주는 경우가 없는 건 아니다. 하지만 그것치고는…….

"신발 자체도 상당히 비싸 보이는데요. 구두잖아요?"

유아용 구두는 비싸다. 비싼 것을 떠나서 실용적이지도 않다.

그래서 보통 아이들에게는 편한 신발을 신기지 구두를 신기지는 않는 편이다.

"유아용 원피스에 하얀 타이즈에 구두까지, 상당히 고급스러운 것 같은데요."

"잘 아시네요?"

"누님이 있으니까요. 어릴 때 사진을 보면서 이런저런 이야기를 할 때, 이런 옷들이 생각보다 비싸다고 어머니가 그러셨던 게 기억나네요."

노형진의 어린 시절은 평범하기 그지없었기에 어머니는 그때 이야기를 하면서 웃으시곤 했다.

"그 시절에 대해 잘 아는 분에게 물어볼까요?"

"누구요?"

"송정한 의원님요. 자녀분 나이가 아마 주선 씨와 비슷할 겁니다."

'어쩌면'이라는 가능성이 노형진의 머릿속을 스치고 지나갔다.

⚖

"버린 게 아니라 잃어버렸을 가능성?"

"네, 그럴지도 모른다고 생각합니다."

"하지만 고아원 입구에 두고 갔다면서?"

"그렇기는 한데, 일단은 친부모를 찾을 수 있으면 좋지 않습니까?"

"하긴, 그야 당연하지. 물론 시대가 바뀌어서, 만나면 좋을 수도 있지만, 그게…… 섣불리 할 말은 아니네만."

"알고 있습니다. 그래서 주선 씨에게는 일단 비밀로 진행할 생각입니다."

종종 부모가 자식을 버린 경우, 나중에 자식이 찾아온다고 해도 만남을 거부하는 경우가 있다.

그런 경우 자녀는 두 번 버림받았다는 생각에 더더욱 고통스러워한다.

"더군다나 확실한 것도 아니니까요. 이야기를 꺼냈는데 못 찾으면 그것도 문제지요."

"하긴, 그건 그렇지."

송정한은 고개를 끄덕거리더니 물끄러미 사진을 바라보았다.

"확실히 비싼 옷이야. 이 정도면 상당히 고가의 상품일 걸세."

"확실하십니까?"

"내 딸이 주선 양과 비슷한 나이 아닌가? 나도 아이 옷을 사서 입혔던 시절이니까 알지."

송정한은 출력된 사진을 내려놓으며 담담하게 말했다.

"그리고 그때 내가 판사 아니었나? 아무래도 사회적인 눈치가 있거든."

판사로서 주변의 시선이 있다 보니 본의 아니게 그에 맞는 옷을 자녀에게도 사 줘야 했다는 것.

"뭐, 보통은 내가 옷을 산 건 아니지만 아내가 옷을 사 오면 나한테 보여 줬지. 자녀를 키운다는 게 그런 거 아닌가?"

"그렇지요."

노형진은 고개를 끄덕거렸다.

"일단 시대에 따라 유행하는 풍이라는 게 있지. 그리고 이건 의외로 고급스러운 패턴으로 보이는데?"

"혹시 브랜드는 아십니까?"

"브랜드야…… 모르지. 남자들이 그런 거 신경 쓰나?"

고급스러워 보이기는 하지만 그런 브랜드가 한두 개도 아니고 명품처럼 자기만의 시그니처가 있는 것도 아니라면, 현실적으로 옷 한 벌 보고 바로 브랜드를 알아내는 건 불가능하다.

더군다나 거의 30년 전 사진이 아닌가?

"흠, 그래요? 역시 그걸로 부모의 정보를 특정하는 건 힘들까요?"

"글쎄…… 이런 디자인이라면, 흔하지는 않겠지만 솔직히 특정될지는 모르겠군. 자네도 알다시피 얼마나 많은 패션 브랜드가 사라지고 생기나. 애들 브랜드도 마찬가지라서."

"쩝."

"결과적으로 이 옷이 어떤 브랜드인지는 알 수가 없다는 거지."

"그렇겠군요."

노형진은 고개를 끄덕거렸다.

"확실히, 옷을 가지고 추적하는 것은 어려운 일이려나요."

노형진은 머쓱하게 머리를 긁었다.

옷만으로 특별한 정보를 알아내는 게 힘드리라는 건 익히 예상한 바였으니까.

"그래. 물론 부모들이야 아이를 잃어버린 시점을 기억하고 있을 테니 옷도 기억하겠지만."

하지만 주변에서는 그런 모습을 기억하기 힘들다.

"자네가 생각하는 게 쉽지는 않을 거야."

"부모님이라면 기억한다라……."

노형진은 그렇게 말하면서 사진을 물끄러미 바라보았다.

문득 머릿속에서 번뜩이는 게 있었다.

"자식과 부모는 닮는다고 하죠?"

"그렇지. 내 딸아이만 봐도 제 엄마 처녀 때랑 빼다 박았으니까."

"음…… 그러면 혹시 주선 씨의 부모님을 추적하는 건 어떨까요?"

"무슨 소리야, 그게?"

"굳이 이 사람을 아시느냐고 주선 씨 사진을 공개할 게 아니라 역으로 하자는 거죠."

"역으로? 이해가 안 가는데."

"현재 성인이 된 주선 씨의 사진을 기반으로 어머니의 모습을 추적하는 겁니다."

"응? 그게 무슨 소리인가?"

"주선 씨의 사진을 올려서 이 사람을 아느냐고 해 봐야 찾을 가능성이 거의 없지 않습니까?"

이미 주변의 인물 기준으로는 오래전에 사라진 사람이고 성장한 이미지가 없다. 그러다 보니 알아보기를 기대하기 어렵다.

"그러니 작은 가능성이지만 지금의 주선 씨의 모습을 기반으로 늙은 모습을 만들어 보는 겁니다, 어머니나 아버지를 닮았다는 가정하에."

"부모를 닮았다라……."

"애초에 사람들이 인식할 수 있는 사람을 찾아보자는 거죠."

"의외군. 참신한데?"

부모에게서 자식을 찾는 게 아니라 자식의 얼굴을 통해 부모를 찾는다는 거다.

물론 그게 100% 먹히리라고 볼 수는 없다.

부모와 자식은 그저 닮는 거지 그들이 완벽하게 같을 수는 없으니까.

"하지만 그래도 자식이 부모를 찾는 게 부모가 자식을 찾는 것보다는 확률이 높을 것 같지 않습니까?"

일단 현재 얼굴을 기반으로 하니까.

"흠…… 가능하기는 하겠군."

"이게 가능하다면 아이들을 잃어버린 수많은 부모님들에게 새로운 희망이 될 겁니다."

노형진의 말에 송정한은 고개를 끄덕거렸다.

그게 가능하다면 어쩌면 아이들을 잃어버리는 일이 상당히 줄어들게 될 것이다. 보통은 유전자를 등록시키거나 하지만 그게 아니라 부모의 얼굴을 등록해 두면 되니까.

⚖️

유전자를 이용한 추적 같은 건 상대방이 만남을 거부하면 상처가 되겠지만, 이 일은 상대방이 만날 생각이 없다면 아예 나오지 않을 일이라 주선은 오랜 고민 끝에 동의해 줬다.

노형진은 주선에게 동의를 구하고 사진을 좀 더 늙은 모습의 여성과 남성 버전으로 제작했다.

주선이 부모 중 어느 쪽을 닮았을지 알 수 없으니까.

그리고 여러 사이트에 올린 다음 여러 곳으로 협조를 요청하기 시작했다.

물론 '부모를 찾습니다.'라는 말을 하지는 않았다.

자세한 사정을 모르는 상황에서 다짜고짜 그 사람들을 데리고 오게 할 수는 없으니까.

때때로는 감추고 가야 하는 비밀도 있는 법이니 말이다.

그렇게 한참이 지났을 때였다.

갑자기 노형진을 찾아온 사람들이 있었다.

"누구십니까?"

자신을 법무 법인 규암의 조상신 변호사라고 소개한 남자는 노형진을 보면서 단도직입적으로 말했다.

"확인할 게 있어서 찾아왔습니다."

"확인이라고 하신다면?"

"저희 사모님을 왜 찾고 다니시는 거죠?"

"사모님을 찾다니요? 무슨 말씀이십니까?"

"이 사진 말입니다."

조상신은 품에서 미리 가지고 온 사진을 꺼내서 내밀었다.

"사모님이랑 너무 닮았단 말이지요. 저희 입장에서는 그냥 넘어갈 수가 없는 일이라서요."

노형진은 그 말에 조상신을 바라보았다.

그리고 머릿속을 정리했다.

'사모님이라……. 보통은 직접 오지. 그리고 변호사를 선임해도 대동하는 거지, 따로 보내지는 않아.'

그런 경우는 단 하나, 상대방을 보호하기 위해서다.

"흠, 확실하게 이야기하고 싶군요. 귀사 측의 의뢰인이 맞습니까?"

"네, 맞습니다만."

"잠시 확인을 해도 될까요?"

그 말에 조상신은 눈을 찡그렸지만 일단 고개를 끄덕거렸다.

변호사들 사이에서 의심은 딱히 이상한 게 아니었고, 의뢰인을 보호해야 하는 경우는 더더욱 상대방의 신분을 의심할 수밖에 없었다.

잠시 후, 법무 법인 규암에 전화해서 확인한 노형진은 그에 그치지 않고 규암 홈페이지와 변호사회를 통해 신분을 확인하고서야 입을 열었다.

"제 신분에 대해 확인하실 필요는 없을 테고."

"알고 있습니다, 노형진 변호사님. 하지만 그래도 저희로서는 이해가 안 가는군요. 저희 사장님도 아니고 사모님을 찾는 이유가 뭡니까?"

사장님이라는 말에 노형진은 대충 상황을 알아차렸다.

"어느 기업인지 모르지만 작은 기업은 아닌 것 같군요."

"질문에 답해 주세요."

"일단 의뢰인이 누구인지부터 확실하게 이야기해 주시죠."

"그건……."

"말씀하시기 힘들다면 저희 쪽에서 따로 알아보고요. 불가능하지 않을 거라는 것을 아실 텐데요?"

그 말에 조상신은 잠깐 눈을 찡그렸다가 결국 먼저 말을 꺼냈다.

"우산엔지니어링입니다."

"우산엔지니어링이라고요?"

낯선 이름에 노형진은 고개를 갸웃했다.

행동하는 걸 봐서는 상당히 규모가 있는 사업체를 꾸리는 의뢰인인 것 같았는데 들어 본 적이 없는 기업이었으니까.

그런 오해를 눈치챈 건지 조상신은 조용히 말을 보탰다.

"알아보려고 하지 마세요. 군산복합 기업입니다."

"아아."

군산복합 기업. 그러니까 군대를 대상으로 영업하는 기업이라는 거다.

당연히 그 안에는 온갖 비밀과 국가 보안 사항이 넘쳐 나고, 그래서 외부에 드러나는 걸 최대한 감춘다.

물론 최종 상품을 공급하는 기업 같은 경우는 아무래도 드러날 수밖에 없다. 하지만 그 기업에 부품을 공급하는 기업들은 드러나지 않는다.

가령 한국의 K-2 흑표 전차를 만들 때 그걸 만드는 기업이 어디인지는 다 알지만 거기에 들어가는 포탑이 어디서 만들어지는지는 모르는 셈이다.

"그렇군요."

"이제 답변을 기대해도 될까요?"

"음…… 네. 뭐, 일단 이야기하죠. 저희는 그쪽의 사모님을 찾고 있는 게 아닙니다. 아니, 결과적으로는 그럴 수도 있지만 말이지요."

"무슨 말씀이신지?"

"그 사진은 말입니다, 저희 의뢰인의 사진을 기반으로 나이가 들어 보이도록 인위적으로 조작한 것입니다."

"나이가 들어 보이도록 조작한 사진?"

"네. 의뢰인의 어머니를 찾고 있는 거지요."

그 말에 조상신은 당황한 듯 말을 잇지 못하고 노형진을 바라보았다.

그리고 한참이 지나서야 헛기침을 하면서 정신을 차렸다.

"크흠…… 그래서 저희 사모님이 확실한 겁니까?"

"모르죠."

"네?"

"누차 말하지만 저희 의뢰인은 부모님이 누군지 모릅니다. 모르니까 굳이 자기 사진을 바탕으로 찾는 거고요. 사모님이 누구인지 확실히 안다면 그럴 필요도 없이 우리가 이미 찾아갔겠지요."

"……."

그 말에 고민하는 듯 잠깐 침묵을 지키던 변호사가 자리에서 일어났다.

"나중에 다시 연락드리겠습니다. 아, 그리고 조언해 드리는데, 우산엔지니어링에는 연락을 드리지 않는 걸 추천드립니다."

"뭐, 그럴 생각은 없습니다."

"그럼 이만."

서둘러서 떠나는 조상신을 보면서 노형진은 혀를 끌끌 찼다.

"자기 할 말만 하고 가네. 뭐, 상관없나?"

어차피 저쪽은 뭔가 아는 듯하니, 그런 상황이라면 저쪽에서 먼저 다가올 거라 생각했기 때문이다.

⚖️

그리고 이틀 뒤 찾아온 사람은 조상신 변호사가 아니었다.

"국정원에서 나왔습니다. 철수라고 불러 주십시오."

명함도 안 내밀고 다짜고짜 철수라고 불러 달라 한 요원은 마른 입술을 적시며 말했다.

"그래서 우산 측의 자녀분이라고 주장하는 분을 모시고 있다고요?"

"아니요."

"아니라고요? 하지만 저희 쪽은……."

"정확하게 말하죠. 우리 쪽 의뢰인은 우산이라는 기업 자체도 모르고 자녀라고 주장한 적도 없습니다. 먼저 찾아와서 우산 운운한 건 그쪽입니다."

"그런가요?"

"네, 철수 요원님. 그런데 저를 만나러 오실 정도면 제 보안 등급도 아실 텐데요? 굳이 이야기를 돌려 할 이유는 없을 것 같습니다만."

그 말에 철수라는 요원은 고개를 끄덕거렸다.

"뭐, 필요하지 않은 부분은 제외하고 이야기를 진행하죠."

"상관없습니다. 관심도 없고."

"우산엔지니어링은 한국의 주요 방산 기업입니다. 핵심 기술을 몇 개나 보유하고 있지요."

크지는 않지만 한국 입장에서는 어떻게든 지켜야 하는 곳이라는 거다.

심지어 그곳의 기술은 기술 보호를 위해 특허조차도 올리지 않을 정도로 보안에 신경 써야 한다고 한다.

"그 자세한 기술이야 저와 제 의뢰인과는 관련이 없을 것 같고, 그게 뭐가 문제가 된다는 거죠?"

"일단 말입니다, 우산의 주인 되시는 분께 따님이 한 분 있었습니다."

"과거형인 걸 보니 잃어버린 모양이군요. 아니며 죽었든가."

"둘 다죠."

"무슨 말입니까, 그게?"

"오래전 이야기입니다."

아이를 잃어버린 건 사실이다. 그리고 그 아이를 찾기 위해 전국을 이 잡듯이 뒤진 것도 사실이다.

하지만 결국 찾지 못해서 사망 신고를 했다고 한다.

그런데 3년 전 자녀라고 주장하는 여성이 등장했던 것.

그녀는 누가 봐도 엄마와 쏙 빼닮았기에, 당연히 그 집안에서는 잃어버린 아이를 찾은 거라 생각하고 너무나 행복해했다고 한다.

하긴, 잃어버린 딸을 수십 년 만에 찾았다면 그럴 만도 하다.

"하지만…… 일이라는 게 그렇지 않습니까? 개인적인 사정은 둘째 치고 국가의 일이라는 건."

"뭐, 대충 알 것 같군요. 가짜였나 보네요."

"네."

너무나 닮아서 의심도 하지 않았던 사람이지만 국정원은 의심하지 않을 수가 없었고, 그녀의 유전자를 몰래 채취해서 유전자 검사를 했다고 한다.

또한 그녀가 언제 어디에 있었는지 말한 것에 대해서도 조사했다고 한다.

"그런데 유전자가 안 맞더군요. 과거의 기록 자체는 존재합니다만, 너무 완벽하게 존재하고요."

"하, 뭔 소리인지 알겠네요."

마치 누군가가 모든 걸 염두에 두고 만들어 둔 것처럼 딱딱 맞아떨어지는 과거란 있을 수 없다. 사람에게 기억의 왜곡이 없을 수는 없으니까.

더군다나 친구라는 작자들도 조사해 보니까 신용적으로

믿음이 안 가는 사람들.

"무엇보다 유전자가 맞지 않으니 결국 체포했습니다. 그리고 조사 결과가 나왔는데……."

"어딥니까? 중국? 일본? 흠, 상황을 보니 중국이었을 것 같은데."

"어떻게 아신 겁니까?"

"중국은 타국의 군사기밀을 캐내는 데 환장한 나라니까요."

체포해서 조사한 결과, 그녀는 중국의 스파이였다.

인생 기록도, 친구도, 심지어 얼굴도 접근하기 위해 만들어 낸 것.

운이 좋아서 유전자 검사를 하지 않을 경우, 성공적으로 접근해서 기밀을 빼내거나 기업을 물려받기 위해였다.

실제로 너무나 닮은 얼굴에, 누구도 유전자 검사를 하자는 소리를 못 했다고 한다.

"흠…… 그런 일이 있었습니까?"

"네. 그 후에 사모님께 심각한 문제가 생겼습니다."

"신경쇠약이라도 걸린 건가요?"

그 말에 철수라는 요원은 눈을 요상하게 떴다. 마치 이미다 알고 있었던 거냐고 묻고 싶은 표정이었다.

사실 마이스터나 미다스의 정보력이라면 충분히 의심스러운 상황이니까.

"아, 따로 조사한 건 아닙니다. 다만 예상은 가니까요. 수십 년 만에 찾았다고 생각한 딸이 가짜고, 그것도 스파이로 보내진 거라는 걸 알게 되면 보통 사람은 버티기 힘든 일이죠."

은밀한 국가의 일을 하는 사장인 아버지는 버틸 수 있을지도 모르나 가정주부인 어머니 쪽이라면, 글쎄? 우울증이 와서 자살한다고 해도 이상할 게 없어 보이기는 했다.

"정확합니다. 꼭 직접 두 눈으로 보기라도 하신 것 같네요."

다시 의심하는 시선이 되는 철수 요원이었지만 노형진은 그냥 웃고 말았다.

실제로 조사한 것도, 그렇다고 그의 기억을 읽은 것도 아니다. 그저 평범한 사람의 입장을 생각한 것뿐이다.

"때때로 요원님이나 저 같은 사람들은 평범한 사람들의 세계를 잊어버리게 되죠. 모두가 우리처럼 강하지는 않습니다, 요원님."

일반적인 사람이 그런 일을 겪는다면 신경쇠약에 걸린다고 해도 이상하지 않을 일이다.

"그 때문에 보호에 기를 쓰는 모양이군요."

"뭐, 사실은 그렇습니다. 우리 입장에서는 보호해야 하는 처지니까요."

물론 기술을 가진 당사자인 것은 아니지만 어찌 되었건 중요 인물의 아내다.

그녀가 사라진다면 남자에게 얼마나 많은 파리들이 달라 붙을지 알 수 없을 지경이다.

'미국 거대 기업의 회장도 꼬시는 게 중국의 미인계니까.'

중국이 가장 선호하는 스파이 전술이 미인계다.

아내를 잃은 남편은, 적당히 몰아붙인다면 넘어올 가능성도 크다.

오죽하면 미국 거대 기업의 회장이 이혼당했는데 알고 보니 중국 여자와의 불륜 때문이었다는 소문도 있었다.

당연하게도 중국 여자라는 타이틀이 붙어 버리는 순간 사람들은 중국에서 미인계를 위해 보낸 스파이가 아닌가 하는 의심을 했고 말이다.

물론 진실은 알 수 없지만.

어찌 되었건 중국이 미인계를 이용한 회유에 능하다는 걸 아는 국정원 입장에서는 절대로 방관할 수 없는 노릇.

"뭐, 그런 거라면 안전하게 가는 게 좋겠지요."

노형진은 그렇게 말하면서 몸을 숙였다.

그리고 책상 서랍의 맨 아래에서 뭔가를 꺼내어 그에게 건넸다.

"뭡니까, 이건?"

"보다시피 약간의 머리카락과 상피세포입니다. 오늘 오실 거라 생각해서 미리 확보해 놨지요."

"진짜라는 걸 어떻게 알죠?"

노형진은 그 말에 어깨를 으쓱했다.

　"어차피 진짜로 만나면 나중에 다시 검사할 거 아닙니까? 그리고 제 입장에서도 먼저 검사하는 게 낫다고 생각하거든요."

　말하지 않고 먼저 검사를 해 보면, 결과가 확정된 상태에서 이야기를 할 수 있다. 그러면 주선이 딱히 상처받거나 할 이유는 없다.

　그러나 이야기를 먼저 하고 설레발을 치다가 결과가 부정적으로 나오면 주선에게도 상처가 될 테니까.

　"일단은 가지고 가서 검사하고 오시죠."

　노형진은 느긋하게 말했다.

　"진실은 과학이 알려 줄 테니까요."

사건이 어째 이상한 쪽으로 가네?

"뭐라고?"

우산엔지니어링은 국민들에게는 거의 알려지지 않은 기업이다. 하지만 한국의 기술 업계에서는 조용히 중요한 자리를 차지하고 있는 기업이다.

그래서 우산엔지니어링의 대표인 박호산은 평소에도 알고 지내던 국정원 요원들이 있었다.

그리고 어느 날, 그중 한 명으로부터 믿을 수 없는 말을 들었다.

"내 딸을 찾았다고?"

"네, 얼마 전에 소문으로 돌던……."

"소문? 소문? 설마 새론?"

새론에서 아내와 비슷한 사람의 사진을 들이밀고 다닌다는 이야기에 그는 사람을 보내서 살짝 경고해 주려고 했다.

딸이 사라진 이후에 어떻게 해서든 아내만은 지키려고 했었으니까.

그런데 갑자기 진짜 딸이 나타났다니?

"새론에서는 여사님의 사진으로 추적하고 있던 게 아니었습니다."

"그럼?"

"의뢰인의 사진을 프로그램을 이용해 노화시켜서 비슷한 얼굴을 가진 여성, 즉 어머니를 찾고 있었던 거라고 하더군요."

그 말에 박호산의 눈동자가 흔들렸다.

그 사진은 어떤 미친놈이 이런 장난을 치는가 분노했을 정도로 아내와 닮아 있었으니까.

"그게 지금 사실인가?"

"네. 이미 그 작업을 해 준 영상 연구소에 확인을 마쳤습니다. 그리고 그곳을 통해 원래 사진도 하나 얻었습니다."

요원은 박호산에게 미리 준비한 사진을 꺼내서 건넸다.

그걸 받은 박호산의 눈동자가 격하게 흔들렸다.

사진에는 아내의 젊은 시절과 똑 닮은 여자가 어색하게 웃고 있었다.

"서, 설마…… 이것도 조작인 건 아닌가?"

"아닙니다. 연구소장의 말에 따르면 사진을 넘겨받은 게

아니라 정확한 시뮬레이션을 위해 현장에서 찍은 사진이랍
니다."

"현장에서 찍은 사진이라고?"

"네."

"하지만…… 그거야……."

이미 한 번 당했으니 두 번은 안 당한다는 마음에, 의심이
피어날 수밖에 없는 상황.

"유전자 검사도 이미 끝냈습니다. 새론에서 이미 준비해
놨더군요."

"검사도 끝났다고?"

"네, 이미 검사 결과도 나왔습니다. 조사 결과대로라면.
두 분의 따님이 맞습니다."

"맞다고? 확실한가? 하지만 우리한테 유전자를 달라고 하
지 않았잖나?"

"지난번 사건의 기록이 아직 있으니까요."

그러니 굳이 다시 유전자를 제공해 달라고 할 이유는 없었
다. 그저 비교만 하면 되니까.

"따님일 가능성이 99.9% 이상입니다."

말이 99.9%지, 유전학적 특성상 이 정도면 100%라고 봐
도 무방하다.

그 말에 박호산은 쓰러지듯 소파에 드러누웠다.

"확실한가?"

"확실합니다. 아직까지 이런 식으로 유전자를 조작할 기술은 없으니까요. 결과적으로 두 개의 가능성밖에 없습니다."

하나는 새론이 미쳐서 중국과 손잡고 친딸을 잡아 둔 상태에서 가짜를 들이밀고 있다는 것.

다른 하나는 의뢰인이 친딸이라는 것.

"하지만 전자의 경우는 가능성이 높지 않습니다."

새론이 그럴 이유가 없거니와, 애초에 노형진은 한국의 자문 위원으로 최고 보안 등급을 가진 인물이다.

그런 그가 왜 중국을 위해 유전자까지 속여 가면서 스파이를 심겠는가?

"더군다나 노형진은 우리가 의심하는 것도 알고 있습니다."

과연 국정원이 노형진이 제공한 유전자를 기반으로 한 번만 조사하고 끝낼까? 그럴 리가 없다.

실물을 만나면 무조건 유전자 검사를 다시 할 것을 안다. 그것도 세 번 이상.

"그리고 유전자를 가지고 있다는 것 자체가, 결국 노형진이 진짜 따님을 데리고 있거나 어디에 있는지 알고 있다는 소리니까요."

만일 그 유전자 검사에서 뭔가 맞지 않는다면 국정원은 박호산의 딸을 찾기 위해 노형진에 대한 조사를 시작할 수밖에 없다.

노형진이 굳이 그런 상황을 초래할 이유가 있을까?

"으음……."

너무 놀란 건지 박호산은 신음을 냈다. 그리고 시선을 돌려서 지그시 핸드폰을 바라보았다.

과연 이 사실을 아내에게 전해도 될지 고민하는 것이다.

안 그래도 중국의 속임수로 인해 큰 충격을 받고 심각한 우울증에 신경쇠약까지 걸린 아내였다.

지금도 수면제가 없으면 잠도 못 자는 지경이다.

"반대로 이게 사실이라면 충분히 나아질 수 있는 일입니다, 박 사장님."

요원의 말에 박호산은 부들부들 떨리는 손으로 핸드폰을 집어 들었다.

"어, 여보…… 난데……."

⚖

"제 부모님을 찾으셨다고요?"

"네."

주선은 그 말에 혼란이 왔다.

너무 놀라서 어떻게 반응해야 하는지조차도 모를 정도였다.

"농담……하시는 거죠?"

"농담 아닙니다. 저는 일 가지고는 농담 안 합니다."

"아니…… 한국 국적도 얻지 못한다고 했던 게 얼마 전인데……요?"

"저도 솔직히 당황스럽습니다."

현실적으로 당장 한국 국적을 얻는 것은 불가능하다. 현재 시스템이 그렇게 구성되지 않았기 때문이다.

그래서 장기전에 대비해서 헌법 소원까지 할 생각이었다.

물론 그녀는 당사자가 아니기에, 아니 존재하지 않는 사람이기에 헌법 소원을 할 수조차 없었다.

다른 수많은 무국적 입양아들과 마찬가지로.

"다만 다른 점은, 남편이 될 분이 계시니까요."

헌법 소원의 조건은 당사자여야 한다는 것.

그리고 남편은 혼인신고를 하지 못한다는 점에서 당사자라고 볼 수 있다.

"원래 계획은 그랬는데……."

동네 공무원의 무능으로 인해 고아로서의 기록이 남아 있다는 걸 알았고, 그걸 조사하다 보니 사진이 나왔고, 기대 없이 사진으로 부모를 찾아보려고 했더니 진짜로 나왔다.

'이게 우연치고는 참 웃기단 말이지.'

중국에서 주선의 부모에게 수작질을 부린 건 괘씸하지만 또 한편으로는 그래서 이게 가능하다 싶기도 했다.

철수 요원의 말대로라면 이미 사망 신고까지 한 상태라고 하니, 주선의 부모가 누군가를 찾는 사이트를 뒤지고 다니지는 않을 테니까.

결과적으로 주선의 부모가 중국에 그런 식으로 당하지 않았다면 국정원에서 이렇게 예민하게 조사하지는 않았을 거다.

하지만 이미 가짜 딸로 당한 적이 있는 국정원은 사모님과 비슷한 여자의 사진이 뜨자 빠르게 반응한 것이다.

'이번 사건, 진짜 요상해.'

마치 운명이라는 게 있는 것처럼 그렇게 흘러가고 있었다.

"어…… 아…… 제…… 부모님이…… 그러니까……."

주선은 머릿속이 혼란스러운지 제대로 말을 잇지 못했다.

"아, 버리신 거냐고요? 아닙니다. 잃어버리신 거라고 하더군요."

"잃어버렸다고요?"

"네."

"하지만 전에 제가 고아원 앞에 버려졌다고……."

"그 부분에 대해서는 솔직히 좀 조사해 봐야 합니다."

분명 주선의 부모는 딸을 잃어버렸다고 했다.

그동안의 반응이나 여러 가지 가능성을 보면 절대로 버렸을 것 같지는 않았다.

우산엔지니어링은 오래된 회사고, 단 한 번도 가난한 적이 없었다. 그런 그들이 과연 자식을 버릴 이유가 있을까?

물론 목숨이 위험한 첩보전 같은 것에라도 휘말렸다면 또 모르지만, 애초에 평범한 기업일 뿐이다. 목숨을 건 첩보전 같은 게 벌어질 이유가 없다.

"그러면 제 부모님은 뭐 하시는 분인가요? 성함은? 아, 제 성씨는 어떻게 되는 거죠?"

"일단…… 저도 모릅니다."

"네?"

"일단 우산엔지니어링이라는 회사의 대표라는 건 압니다만, 국가 보안 시설로 분류돼서 접근이 쉽지 않습니다. 하려면 못 할 것도 없지만 굳이 그럴 이유는 없을 것 같아서요."

"그러면…… 제 부모님이 맞는지는 어떻게……?"

"전에 주신 머리카락으로 유전자 검사를 끝냈습니다."

"아."

"일단은 머릿속으로 정리를 좀 하시고 만나는 걸 추천드립니다."

사람이 너무 놀라면 머릿속이 하얗게 변한다고 한다.

지금 주선의 머릿속이 그랬다.

한국에 살고 싶다는 생각은 했지만, 언감생심 친부모를 만난다는 것은 전혀 꿈도 꾸지 않았다.

그런데 부모님이라니.

"네…… 머리 좀 식히고…… 그리고…… 그리고……."

머릿속에서 아무것도 떠오르지 않는 듯, 주선은 자신이 무

슨 말을 하는지도 모른 채 그저 멍하니 혼잣말을 중얼거릴
뿐이었다.

⚖️

엄마라는 이름.

누군가에게는 아주 당연한 존재지만 누군가에게는 평생을
불러 보고 싶은 이름이다.

"어……."

주선은 눈앞에 있는 여자의 모습에 아무 말도 할 수가 없
었다.

엄마라고 부르고 싶은데 마치 목에 뭔가 걸린 것처럼 나오
지 않았다.

입안에서 한없이 맴도는 그 말 대신 나오는 건 눈물뿐이었
다.

그런 주선에게 다가온 여자는 단박에 알아차렸다.

주선이 자신의 딸이라는 것을.

누가 뭐래도 이번에는 자신의 딸이 맞다는 것을.

"미안하다."

30년이라는 시간을 가슴에만 담아 두고 영원히 하지 못할
거라 생각한 그 말.

그 말이 그녀에게, 딸에게 할 수 있는 유일한 말이었다.

"엄마가 너무 미안해."

유일하게 할 수 있는 말. 그 말을 꺼내기 무섭게 세 사람은 결국 무너졌다.

박호산조차도, 평생 치열한 사업이라는 전쟁터에서 싸우고 온갖 스파이들과 싸운 그조차도 아무런 말도 할 수가 없었다.

"미안하다…… 미안해…… 미안해……."

자식을 지키지 못한 죄인이 되어 버린 두 사람의 말에 드디어 주선의 입이 열렸다.

"엄마…… 아빠…… 보고 싶었어요…… 어……."

마치 그 말이 열쇠라도 된 것처럼, 그 말을 기점으로 그녀의 마음속에서 수십 년을 가두어 두고 있던 감정이 튀어나왔다.

그 모습을, 그곳에서 좀 떨어진 곳에서 사람들이 지켜보고 있었다.

노형진 역시 그 장면을 보면서 코끝이 찡해졌지만 울지는 않았다.

"생각보다 담담하시네요."

노형진이 별 감정 없이 그 장면을 지켜보고 있자 철수라고 자신을 소개한 요원이 다가왔다.

'철수라니.'

당연히 진짜 이름일 리가 없다. 심지어 성도 없다니.

즉, 국정원의 블랙 요원이라는 소리다.

그리고 박호산의 기업에서 가진 비밀이 생각보다 무겁다는 소리이기도 하고.

"네, 뭐……."

"감정이 별로 안 느껴지시는 겁니까?"

"느껴지지 않는다기보다는……."

노형진은 조용히 말을 꺼냈다.

"할 일이 있어서 참는 거라고 봐야겠지요."

"할 일이라고 하면?"

"진짜 범인이 누군지 궁금해서요."

그 말에 철수는 아무런 말도 하지 않고 물끄러미 노형진을 바라보았다.

"그건 왜 궁금하시죠?"

"정치인들이 더럽게 일을 안 해서 말이죠. 하지만 합당한 이유가 있다면 일할 수밖에 없거든요."

노형진은 오열하는 가족을 보면서 말했다.

"누군가가 아이를 납치해서 버렸다. 그리고 그 아이는 미국으로 쫓겨났다가 국적도 박탈당해 버렸다. 그럴듯한 이유가 안 될까요?"

당연히 될 거다. 이런 감성적인 선동에 한국 사람들은 상당히 약한 모습을 보인다.

"그리고 궁금하기도 하고요."

"궁금하다고요?"

"박호산 씨라고 했나요? 들어 보니 오래전부터 방산 기업을 이끄신 것 같은데. 그런 분의 자녀가 사라졌는데 국정원…… 아니, 그때는 안기부였겠군요. 안기부가 그냥 가만히 있지는 않았을 것 같아서 말이지요."

노형진은 울고 있는 세 사람을 바라보다가 고개를 돌려 철수 요원을 바라보았다.

"더군다나 안기부가 얼마나 서슬이 퍼런 곳이었는데."

남산으로 간다, 그 말이 공포의 대명사가 되던 곳이었다.

어쭙잖은 납치도 아니고, 국가 주요 인물의 자녀의 납치에 안기부가 나서지 않았을 리가 없다.

"그런데 범인을 못 잡았다고요?"

노형진이 묘한 비틀림을 보이며 말했지만 철수 요원은 아무런 말도 하지 않았다.

"물론 지금보다 여러 가지로 감시 시스템이 부족하다곤 하지만 말입니다."

동시에 사람 하나 죽이는 건 눈도 깜짝하지 않고, 정권을 위해 죄를 뒤집어씌워서 간첩을 만들어 내던 곳이 안기부다. 그런 곳이 범인을 못 잡았다?

"크흠, 세상에 만능은 없습니다."

"네, 물론 안기부가 만능은 아니었겠죠. 하지만 말입니다, 제가 아는 안기부는 좀 달라서요."

안기부에서 범인을 못 잡는다? 그 말은 믿을 게 못 된다.

왜냐, 안기부는 자기가 범인을 못 잡을 것 같으면 고문을 통해서라도 범인을 만들어 내는 집단이니까.

물론 기본적으로 경찰이라는 조직이 조사하는 게 우선이지만, 국가 보안 관련 사건이라면 안기부가 나서는 게 당연한 일.

그리고 그들은 범인을 잡는 것보다는 범인을 만들어 내는 것에 익숙하다.

"안 그런가요?"

노형진의 압박하듯 빤히 쳐다보는 시선을 마주한 채, 철수는 목소리를 낮추며 말했다.

"나중에 연락드리겠습니다."

⚖️

얼마 후 새론으로 다른 사람이 찾아왔다.

"영희라고 불러 주십시오."

"영희라······."

30대 중반으로 보이는 여성은 자신을 영희라 소개했다.

노형진은 그 말에 왠지 묘한 표정을 지으며 물었다.

"혹시 철수 요원은 영희 요원을 구하려다가 죽었나요?"

"아닙니다. 다만 직접적으로 연관되어 있어서 감시를 피하기 위해 제가 움직이는 겁니다. 물론 저는 공식적으로는 움직이지 않습니다."

웃지도 않고 답하는 영희 요원의 말에 옆에 있던 무태식과
김성식이 헛기침을 했다.

아무래도 농담이 이빨도 안 들어가는 성격인 모양이다.

"어…… 음…… 그러니까 말입니다, 농담입니다."

"압니다."

'와, 요원들은 웃으면 죽는 병이라도 걸린 건가?'

노형진은 근엄하기만 한 영희 요원을 보면서 말했다.

"일단 그 말은, 직접적으로 공개하지는 못한다는 거군요."

"네."

"흠……."

영희 요원의 말에 노형진뿐만 아니라 다른 두 사람도 심각
한 얼굴이 되었다.

현실적으로 그녀의 말이 의미하는 건 하나뿐이니까.

국정원 내부에서도 그 당시 사건을 캐는 걸 원하지 않는다
는 것.

정확하게는 일부 세력이 그렇다는 거고, 그들을 피해서 영
희와 철수가 움직일 수밖에 없다는 소리다.

국정원 내부에 파벌이 있다는 것은 알지만 이 사건은 공식
적으로는 단순 아이의 실종 사건일 뿐이었다.

"그래서, 내부 사정을 알려 주실 수 있을까요?"

"상세하게는 말씀 못 드립니다만 그래도 간략하게나마 설

명해 드리죠."

영희 요원의 말에 따르면 박호산의 우산엔지니어링은 한국의 무기 국산화의 최첨병과 같은 존재라고 한다.

어떤 기업보다 많이 투자하고, 어떤 기업보다 적극적으로 무기를 국산화하려고 한다는 것.

외부적으로 주요 완성품은 대기업에 속해 있는 경우가 많지만 그 안에 들어가는 필수 부품의 경우는 우산엔지니어링에서 생산, 공급하는 경우가 엄청나게 많다고 한다.

"그리고 그걸 반대하는 세력이 있지요."

"반대? 하긴 뭐, 매국노 새끼들이 한두 명도 아니고."

반대하는 이유는 현실적으로 돈이 많이 든다는 것이지만, 국산화라는 건 그렇게라도 하지 않으면 결국 외부에 모든 것을 기대는 형태가 되어 버린다.

그리고 그런 경우에 비상시에 제대로 수리도 못 하게 된다.

당장 미국에서 사기로 한 F-35 전투기의 경우 한국에서 수리 자체가 불가능하다.

그 수리는 오로지 일본에서만 가능한데, 문제는 대한민국의 가장 큰 적국 중 하나가 바로 일본이라는 거다.

일본과 전쟁 중인 상황에 일본에 전투기의 A/S를 맡길 수는 없는 노릇 아닌가.

그래서 대한민국에서는 한국형 스텔스 전투기에 목매는 거다.

"하지만 그 전투기 개발마저도 욕하는 놈들이 대부분이니까요."

영희 요원의 말에 노형진은 고개를 끄덕거렸다.

예산이 부족하다, 돈이 썩어 난다 등등 온갖 핑계로 국산화를 반대하는 사람들.

물론 그중에는 자기 의견으로 반대하는 사람도 있지만…….

'중국이나 일본, 심지어 미국에서 로비받아서 반대하는 놈들도 넘쳐 나지.'

일제강점기에도 나라를 팔아먹은 인간이 있었는데 지금이라고 왜 없겠는가?

지금도 마찬가지다.

자신의 눈곱만큼의 이익을 위해 나라를 일본이나 중국에 못 넘겨서 혈안이 된 놈들은 사방에 넘쳐 난다.

"당시 안기부에서는 그 실종 사건을 조사했습니다. 그런데 그 과정에서 다른 흔적이 발견되었습니다."

"다른 흔적이라고 한다면?"

"아까도 말씀드렸다시피 국가의 발전을 저해하지 못해 안달 난 놈들이 있지요."

그 말에 노형진은 눈을 찡그렸다.

돌려서 말하지만, 종종 이런 경우가 있다는 걸 알고 있기 때문이다.

"안기부 내부에서 공작한 흔적이라도 나타난 겁니까?"

"그렇습니다."

"미친!"

"뭐라고? 그게 사실인가?"

"현재 국정원 내부도 심각한 혼란 와중입니다. 대통령이 바뀌었다고 해서 국정원이 바뀌지는 않으니까요."

"하긴, 정보 집단은 내부를 갈아 치우는 게 거의 불가능하니까."

이직한다고 해서 자연히 능숙해질 수가 없는 업무니까.

"솔직히 말해서 현재 국정원은 두 가지 파벌로 나뉘어 있습니다. 기존 보수 세력과 신진 진보 세력."

노형진은 그 말에 눈을 찡그렸다.

다른 곳도 아닌 국정원 세력이 그렇게 나뉘어 있다면 정보 조직이 멀쩡하다고 보기는 힘들다.

더군다나 그동안의 역사를 생각하면?

"대부분의 실무진과 상위직은 자칭 보수 세력이라는 작자들이 잡고 있겠군요."

"네, 맞습니다. 그들은 국민이나 조국이 아닌 특정 정당에 충성하고 그들을 위해 불법적인 일도 서슴없이 합니다."

"대통령도 손을 못 대는 건가?"

"물론 현 대통령도 손을 보기는 했지만 어디까지나 국정원장 정도만 교체한 겁니다. 각 팀장이나 부서장은 교체가 불가능합니다."

그럴 만하기는 하다. 그들이 정보 라인을 꽉 잡고 있을 테니까.

"그리고 그 당시 실종 사건에 연관된 대다수가 여전히 국정원 내부에서 일하고 있고요."

하긴, 이름이 안기부에서 국정원으로 바뀌었다고 그 구성원까지 모조리 바뀌지는 않았을 테니까.

"일단 그 당시 기록을 확인해 본 결과……."

박호산의 딸이라고 주장하는 주선이 나타나자 철수 요원은 사건 기록을 뒤적거리기 시작했는데, 그 과정에서 생각지도 못한 사실을 알아차렸다.

사건 기록이 철저하게 밀소되어 있었는데, 작업한 특징이 전문 요원 특유의 것이었던 것.

그 당시 사건을 조사하던 요원이 없었던 것은 아니지만 조사 결과 자살한 것으로 되어 있었다.

"그런데 자살에 대한 조사도 없고요?"

"네."

"허."

정보 단체 요원의 죽음은 단순한 게 아니다. 자살이 의심되는 걸 넘어서 확실하다고 해도 계속 조사한다.

자살로 위장해 죽일 다른 정보 단체들이 넘쳐 나니까.

그런데 조사조차 없었다?

"철수 요원은 그 당시에 벌어진 보복 중 하나라고 생각 합니다."

"보복?"

"우산엔지니어링은 그 당시에 국산화를 진행하던 주요 부품 생산 기업입니다."

그리고 국산화에 필요한 신기술을 가장 먼저 개발하던 기업이기도 했다. 지금도 그 분야에서는 선두고.

"국방 산업이 얼마나 돈이 되는지는 아시지요?"

"뭐, 압니다. 특히 우리나라야 뭐, 답이 없었을 테니까."

당장 율곡 사업만 해도 예산의 4분의 1을 슈킹 했다는 소문도 있다.

더군다나 그 돈 말고도 각 군수 기업에서 소위 말하는 떡값이라는 것도 제공하니까.

"그런 사업을 하는 데 있어서 국산화는 아무래도 큰 걸림돌입니다."

돈을 빼돌려야 하는데 국산화가 되어 버리면 그 돈을 빼돌리지 못한다.

물론 국산화해서 빼돌리는 사람이 없는 건 아니다.

당장 군함에 탐지기를 달라고 했더니 어군 탐지기를 달아서 팔아먹는 개새끼들도 있지 않나?

상식적으로 어군 탐지기가 안 걸릴 수가 없는 일인데, 그럼에도 불구하고 그걸 달았다는 건 걸려도 얼마든지 무마할 자신이 있다는 소리다.

어찌 되었건 국산화 이후에 처먹는 것과 수입하면서 처먹는 건 그 당사자가 다르기에 문제다.

"그러니까 누군가가 자신들이 처먹지 못하게 되니까 보복했다고 생각한다는 거군요."

"아마도……라고 생각합니다. 그 당시에 활동하던 사람들은 저희가 건드릴 수 있는 존재가 아니니까요."

그럴 만하기는 하다.

그런 사람이 여전히 국정원에 있다면 못해도 부국장급의 위치에 있을 테니까.

"그래서 저희가 손대기 힘듭니다."

있다면 여전히 높은 자리일 테고, 그게 아니라고 하더라도 지금 국정원의 요원들은 조국이 아니라 사람에게 충성하는 자들이다.

그 사람이 현 대통령이라면 이해라도 하겠는데, 그들이 충성하는 사람들은 자신들의 승진 권한을 가진 국정원 선배들이다.

"하, 어쩌다가 국정원이……."

김성식은 어이가 없다는 듯 고개를 절레절레 흔들었다.

"그래서 저희가 도와드릴 수 있는 건 여기까지입니다."

영희 요원이 내미는 얇디얇은 서류철.

그걸 받아 든 노형진은 쓰게 웃었다.

"그 말이 사실인가?"

"네. 국정원 요원이 해 준 말인 만큼 아마도 사실일 겁니다."

그 말에 박호산은 이를 뿌드득 갈았다.

자신이 딸을 잃어버린 이유가 양심적으로 사업했기 때문이라니.

"그리고 정황상 그게 맞는 것 같기도 하고요."

"정황상?"

"주선 양을……. 아, 원래 이름이 효원이라고 했지요?"

"아니야. 우리도 일단 주선으로 부르고 있다네. 낯설긴 하지만, 난 우리 딸을 존중할 생각이야."

효원보다는 주선으로 살아온 시간이 길었다. 그러니 이제 와서 갑자기 원래 이름을 쓰라고 강요할 생각은 없었다.

그러기에는 자신들이 해 준 게 아무것도 없었다.

"알겠습니다. 일단 주선 양이 해외로 보내진 과정이 너무 체계적이거든요."

"무슨 말인가?"

"석양고아원에 버려진 건 아시죠?"

"알고 있네."

"석양고아원은 불법 고아원입니다. 그런데 말입니다, 그 당시에 불법 고아원이 한두 곳도 아니고, 현실적으로 모든 고아원이 해외로 아이를 보내지는 않습니다."

그 정도 시스템을 구성하는 것도 쉽지 않은 일이기 때문이다.

어찌 되었건 아이를 미국으로 입양 보내기 위해서는 당연히 그에 맞는 시스템이 필요하다. 당장 미국에서 같이 움직일 입양 단체도 필요하고.

당연히 그게 한 번에 진행되는 건 쉽지 않은 일이다. 불법 고아원이라면 더더욱 그렇다.

"우연치고는 공교롭지요."

사람들이 잘 알지 못하는 곳에 자리한 석양고아원. 그리고 그곳에 아이를 버리고 간 누군가.

"더군다나 원장의 말에 따르면 5개월밖에 되지 않았는데 미국으로 입양을 보냈단 말이죠."

노형진은 턱을 문질렀다.

'운명이라는 게 뭘까?'

마치 운명처럼 모든 게 하나로 흘러간다. 그리고 마침내 여기까지 왔다.

"그래서, 내 딸을 팔아먹은 놈들은 어떻게 되었나?"

척 봐도 가만두지 않겠다는 표정.

노형진은 분노하는 박호산에게 조용히 말했다.

"그쪽도 이용당한 것 같으니까 너무 그러지 마시지요. 애초에 그런 걸 알 만한 조직은 뻔하지 않습니까? 누차 말씀드리지만, 그 시대는 불법 보육원조차도 부족하던 시절이었습니다."

"끄응……."

결과적으로 팔아먹은 형태가 된 것은 사실이지만 말이다.

"일단 중요한 건 아이를 그곳으로 넘겼다는 거죠."

보호부터 해외 입양까지 한 번에 해 버릴 수 있는 곳이 얼마나 되겠는가?

더군다나 경찰에 신고했다면 부모를 찾을 수 있었을 가능성이 아주 높음에도 불구하고 다른 보육원과 달리 경찰에 신고도 안 했고 말이다.

결국 그걸 모두 알 만한 곳은 안기부뿐이다.

"결국 안기부에서 장난친 거라는 말인가?"

"내부 요원이 재미있는 말을 하더군요."

아무리 박호산이 보안 대상이라지만 그 내부의 서류를 볼 수는 없는 노릇.

결국 그는 안기부의 최선을 다했다는 말을 믿을 수밖에 없었다.

"그 당시에 박호산 사장님에게 원한이 있었다고 하던데. 특히 금전적으로 말입니다."

"금전적으로……!"

"네. 해외에서 수입하려던 뭔가가 막혔다던가요?"

"그 당시에…… 그런 게 있었지. 아직 보안이 풀리지 않아서 말할 수는 없지만."

한국 국방에서 아주 핵심적인 자리를 차지하는 어떤 부품을 그 당시에 박호산과 우산엔지니어링에서 개발해, 어마어마한 국방비 절감에 성공했다는 것이다.

"그 이전에는 해당 부품은 미국과 일본 그리고 독일에서만 생산이 가능했거든."

"미국과 일본요? 그러면 그 당시에 우리나라는 어느 나라 걸 썼습니까?"

"……일본 걸 썼네."

일단 미국은 한국의 국방력 강화에 우호적인 입장이었다.

북한이라는 문제도 있지만, 그 당시에는 여전히 소련이라는 강력한 적이 있었으니까.

지금의 중국처럼, 아니 그보다 더 위협적이었던 소련이 적성국이었기에, 미국은 한국의 국력 확장을 원했다.

그래서 의외로 한국의 군사 발전을 지원하기도 했다.

미국의 전략은 한국이 지상군을, 일본이 해군과 공군을 담당하는 것이었으니까.

"하지만 일본은 그걸 원하지 않았겠네요."

"당연하지. 그 당시에 그 물건을 독점 공급하면서 얼마나 거들먹거렸는데."

완성품이 아니라 부품일 뿐인데도 수리 금지 조항에 조사

금지 조항까지 걸어 놨다.

그렇다고 상주 수리 담당 인원을 배정한 것도 아니라서, 수리하려면 그 물건을 일본으로 보내야 했다.

그리고 더 웃긴 건 해당 부품은 소모성 부품이라는 거다.

당연히 언제 올지 모르는 부품을 마냥 기다릴 수는 없으니 예비로 돈을 더 주고 들여놔야 하는데, 일본에서 수리가 불가능하다고 하면 그걸로 끝이었다.

당연히 폐기도 일본에서 해야 한다.

폐기한다고 뜯어보는 걸 막는다는 이유에서였다.

더군다나 폐기 결정 권한 자체가 한국이 아닌 일본에 있다는 것도 문제였다.

"그러면 분명 장난을 칠 텐데요?"

"그러니까."

멀쩡한 물건을 폐기 결정한 후 부품을 새로 사라고 윽박지르는 건 당연한 일이었고, 그렇다고 사지 않으면 무기를 통째로 버려야 했다.

"하지만 해당 부품을 우리가 개발하면서 상황이 달라졌지."

물론 처음부터 완벽하게 맞출 수는 없었지만 그래도 연구를 거쳐서 적용할 수 있었고, 그 과정에서 여러 가지 사실이 밝혀졌다.

가령 해당 부품이 그렇게 쉽게 고장 나는 부품은 아니며

내구도가 그렇게 약한 것도 아니라는 것.

"물론 사용하는 철강의 재질에 따라 달라지지만 말이지, 그렇다고 해서 두 배 가까이 차이 나기는 힘들어. 더군다나 그 당시 기술은 일본이 한국보다 뛰어났으니까."

그 말은, 그동안 일본에서 한국에 보내는 부품에 장난을 쳤다는 거다.

만일 한국과 일본이 전쟁에 들어가면 해당 부품이 금방 소비될 테니, 결과적으로 자신들에게 저항할 수 있는 무기들이 사라지는 셈이 되니까.

"흠…… 그런데 그게 문제가 된 건가요?"

"그래, 가격 차이가 엄청났거든. 물론 그때만 해도 일본이 잘사는 나라였지만 말이야."

하지만 그렇다고 해서 가격 차이가 무려 여섯 배나 난다는 것은 말도 안 되는 소리였다.

더군다나 한국은 소비처가 한국 정부뿐이지만, 일본은 해당 부품을 전 세계에 공급하고 있었다.

산업이라는 것은 뭐든 대량생산, 대량소비가 관건이다.

당장 미국의 F-22도, 생산한 업체에서는 한국이나 일본 같은 국가에 팔아서 단가를 낮추자는 계획을 세웠다.

하지만 만에 하나 그들이 적으로 돌아서는 경우 막을 기술이 없다는 사실 때문에 미 의회에서 막아 버려서 결국 실패했지만.

"바가지를 씌운 거군요. 기본적으로 군사용품의 가격은 기밀이니까."

"그랬겠지. 그리고 알지 않나, 그 당시는 뭔가가 공개될 만한 시대가 아니었다는 걸."

"그렇지요."

다른 나라에서 같은 물품을 샀다고 해도 그걸 한국에 따로 알려 주지 않는 이상 가격을 알 수가 없으니, 한국 입장에서는 울며 겨자 먹기로 부르는 대로 주고 살 수밖에 없었을 것이다.

미국도 모른 척할 수밖에 없었던 게, 지금까지도 한국보다는 일본이 미국에 더 중요한 우방이다.

당장 일본이 지금 무너지지 않는 이유가 뭔가? 일본이 잘나서라기보다는, 미국에서 국제통화로 엔화를 인정하기 때문이다.

만일 미국에서 그에 대해 조금이라도 부정적인 입장을 내놓는다면 일본은 진짜 지하로 처박힐 수밖에 없다.

"어찌 되었건, 그래서 그걸 개발했을 때 협박이 엄청나게 많이 들어왔다네."

"협박이라……."

안 봐도 뻔하다.

무려 여섯 배의 가격 차이. 환율을 생각해도 세 배 정도가 정상일 것이다.

그렇다면 못해도 6분의 1은 한국의 유력 정치인들에게 들어갔을 거다.

사실 무기와 관련해서 뇌물이 움직이는 건 뭐 하루 이틀 일도 아니니까.

"그리고 따님을 잃어버린 거군요."

"그렇다네."

노형진은 그 말에 턱을 문질렀다.

'누군가가 보복하기를 원했고, 그 보복의 대상이 박주선 양이었다는 거군.'

성이 없었지만 이제는 박씨 성이 생긴 그녀.

'하긴, 아이들을 이용해 보복할 거라고 누가 생각이나 하겠어?'

양심이 조금이라도 있는 인간이라면, 아니 인간으로서 상식이라는 게 있는 존재라면 아이를 건드리지는 않는다.

'하긴, 나라 팔아먹을 각오를 하고 돈을 받아 처먹던 새끼들이 어린아이는 건드리지 않으리라는 보장도 없지.'

과연 을사오적이, 전쟁터로 끌려가는 조선인 청년들과 성노예로 끌려가는 소녀들과 노예로 끌려가는 수많은 조선인 남녀들을 보면서 반성했을까?

그럴 리가.

을사오적은 그들에게 친일을 강요하며 그들에게서 돈을 빼앗아 일본에 비행기와 기관총을 상납했다.

"그런데 그게 보복이라고?"

노형진은 그 말에 쓰게 웃었다. 자신이 봐서는 그렇게 보였으니까.

"아마도 보복이 맞을 겁니다. 그게 아니라면 해외 입양이 그렇게 빨리 이루어진다는 게 말이 안 되거든요."

불법 고아원에서 부모를 찾기 위해 신고하지는 않을 거라는 점을 감안하면 더더욱 그렇다.

"이 새끼들이……."

분노에 부들부들 떠는 박호산.

친딸이 엉뚱한 누군가 때문에 평생을 가족과 헤어져서 살아야 했다. 그 때문에 딸도, 자신도, 아내도, 모두의 삶이 망가졌다.

화가 나지 않는다면 그게 이상한 거다.

"그래서 여쭙습니다만, 혹시 의심스러운 사람 없습니까?"

"없느냐고? 없을 리가 있나. 도리어 너무 많아서 감도 잡지 못할 정도야."

그 당시에 권력을 잡고 있던 정치인들, 국방부 장차관, 심지어 자신의 집까지 찾아와서 빨갱이라고 난동을 부리던 장군들까지.

"솔직히 말해서 그 당시 한국에서 자체적으로 군사기술을 보유하려 하는 건 미친 짓이었네. 더군다나 우리 회사가 큰 곳도 아니지 않나?"

"솔직히 저는 모르죠. 보안 때문에 굳이 알아보려고 하지도 않아서요."

"기술의 소유와 회사의 규모는 상관없다네. 우리 회사는 결코 크지 않아."

하지만 연구원과 연구비가 다른 회사보다 훨씬 높은 비중을 차지하고 있다고 한다.

"대기업이라면 그래도 방어라도 하지."

어차피 대기업들은 군수산업을 하다 보면 장군들이나 정치인들에게 돈을 안 줄 수가 없기 때문이다.

당장 한국에서 자체 개발했다고 오래 자랑하는 K-3 기관총만 해도 일선 병사들은 못 쓸 물건이라고 욕한다.

툭하면 잼이 걸리고 심심하면 송탄 불량에, 조금만 충격받으면 부서지는 쓰레기 같은 물건이라고.

한국의 총기가 타국에 비해 뛰어난 것은 아니지만 그래도 무난하게 쓸 만하다는 평가를 받는 데 비해, K3 분대 지원 기관총은 무게만 빼면 수십 년 전에 나온 M60 기관총이 백배는 낫다는 소리를 들을 정도로 개판이었다.

어느 정도냐면, 기관총이라는 물건이 최대 쉰 발 쏘고 나면 문제가 터지는 게 일반적일 정도이니 말이다.

국산 총기라고 국뽕으로 미친 듯이 빨아 줬지만, 현실적으로 보면 K-3 기관총은 총기 업계에서 심각한 실패작이다.

다만 실전을 겪어 볼 일이 없었기에 그 문제가 겉으로는 드러나지 않았을 뿐.

오죽하면 총기 신뢰도가 2차대전에 영국이 파이프로 뽑아 낸 스텐 기관단총 수준이라는 소리가 나올 정도로 낮았다.

문제는 국방부도, 대한민국 정부도 그 사실을 알고 있다는 것이다.

하지만 신총기 개발이나 개량은커녕, 단 한 번의 개선도 하지 않고 수십 년 동안 사용되었다.

돈이 없어서? 그럴 리가.

그냥 두둑하게 장군님들 주머니를 채워 주니까 그런 것이다.

실제로 실전에서 고작 열여섯 발 만에 고장 났다는 점을 감안하면 이건 심각한 정도를 넘어서 진짜 북한의 사주를 받은 행위라고 봐야 할 정도다.

한국에서 병사들이란 장군들의 노예 그 이상도 그 이하도 아니기 때문에 실전에서 그딴 무기를 쓰다가 죽는다 해도 그리 문제 삼지 않는다는 소리다.

"일단 그 때문에 그 당시 사람들은 대부분 나를 싫어했지."

작은 기업이라 뇌물을 주는 것도 아니고, 그렇다고 해서 자신들에게 이득이 되는 것도 아닌 기업의 개발품.

"의외네요."

"뭐가 말인가?"

"제가 아는 한국 국방부라면, 국내에서 개발이 성공했다 해도 무조건 교체하지는 않았을 텐데요?"

실제로 해외 기업의 물건을 무려 3분의 1이나 싼 가격으로 대체할 수 있게 되었을 때에도, 한국 정부의 선택은 그냥 일본제 제품을 계속 쓰는 것이었다.

공식적인 이유는 해당 물품의 안전성이 검증되지 않았다는 것.

하지만 진실을 추측하는 건 어려운 일이 아니었다.

결국 정부 입장에서는 두둑하게 챙겨 주는 일본의 떡값이 아까웠던 것이다.

그런데 왜 굳이 우산엔지니어링의 물건을 선택했을까?

"시기가 애매했으니까."

"시기요?"

"그래. 정권이 바뀐 시기거든. 물론 정권 자체는 선거철마다 바뀌지만, 정당이 바뀌는 경우는 드물지 않나."

"아, 무슨 뜻인지 알겠습니다."

서로 뇌물을 받아 처먹는 걸 모를 리가 없고, 정권이 바뀌면 정치적 보복에 들어가는 것은 한국 전통이라고 봐도 무방할 정도다.

물론 서로 선을 지키는 게 일반적이지만 그 선 안에는 분명 불법적인 행위를 막는 것도 들어간다.

일본에서 두둑하게 받은 돈은 당연히 다음 선거에서 선거

자금으로 사용될 테고, 그걸 두고 볼 정치인은 없다.

실제로 정권이 바뀌면 가장 먼저 하는 것 중 하나가 바로 거래하던 업체를 교체하는 것이다. 그렇게 함으로써 상대방의 힘을 뺀다.

다만 군대의 경우는 장군들이 교체되는 경우가 드물고, 상명하복을 넘어서 아래 계급은 위 계급의 노예화 현상이 너무 심해서 교체가 불가능하지만 말이다.

"어이가 없네요, 진짜."

노형진은 절레절레 고개를 흔들었다.

"누군지 모르지만 죽여 버리겠어."

"이미 죽었을지도 모릅니다."

"상관없네. 그놈이 누군지 찾아내야겠어."

이를 뿌드득 가는 박호산.

"국정원은 이번 사건에서 손을 떼야 할 겁니다."

만일 내부에서 해결 가능한 문제였다면 철수와 영희가 자신들에게 자료를 가지고 왔을 리가 없다.

국정원이라는 조직의 특성상 그들이 가장 우선시하는 것은 보안이니까.

그럼에도 가지고 왔다는 건, 두 가지 가능성이 있다.

두 사람만 양심적이거나, 그 짓거리를 한 사람들이 그 두 사람의 반대 파벌이거나.

'아마도 후자겠지.'

국정원 업무라는 건 솔직히 양심적으로 할 수 있는 일은
아니니까.

'뭐, 상관없나?'

노형진 입장에서는 상관없는 일이다.

계획은 잡혔고, 그에 따라 움직일 뿐이었다.

죄는 잊히지 않는다

"아니, 조금만 있으면 대통령도 잡으라고 할 놈이네, 이
거."

"못 할 건 아니지. 솔직히 네가 힘이 좀 더 있었으면 홍안
수를 네가 조졌지 싶은데?"

노형진이 찾아가자 오광훈은 똥 씹은 얼굴이 되었다.

"어째 뺀다? 좀 배웠다 싶으냐?"

"아니, 그런 게 아니라 답이 안 보여서 그래. 다른 곳도 아니
고 국정원? 아니다, 안기부였나? 그 애들을 어떻게 조지냐?"

어깨를 으쓱하는 오광훈.

그는 진짜 걱정스러운 듯 말했다.

"네가 슬슬 잊어버리나 본데, 내 과거 알잖아. 공권력이

꺼림칙하다고. 그리고 그중에서도 안기부는 공권력의 끝판 왕이잖아. 거기 파고들면 갑자기 막 밤에 들이닥쳐서 남산으로 끌고 가서 통닭 만들고 그러는 거 아냐?"

여기서 통닭이란 진짜 통닭 만드는 데 투입한다는 게 아니라 사람을 며칠이고 매달아 두는 것을 말하는데, 육체의 무게 때문에 팔다리가 빠지는 고통을 느끼게 된다고 한다. 실제로 빠지는 경우도 많다고 하고.

안기부 시절의 악명 높은 고문 방법 중 하나였다.

"설마 국정원에서 '그런 거 안 해.'라고 말하지는 않을 거 아냐?"

노형진은 그 말에 단호하게 답했다.

"하지. 국정원이라고 별거 있냐? 지금도 간첩 조작 사건 만드는 새끼들인데."

"그런데 이걸 하라고?"

"걱정하지 마. 네가 그런 꼴을 당하면 내가 국정원 자체를 날려 버릴 테니까. 아니, 대한민국 자체를 부숴 버리는 한이 있어도 찾아낼게."

"나는 그때 이미 마티즈 타고 있을 것 같기는 하다만."

"설마 너를 마티즈 태우겠냐? 네 차를 태우겠지."

"농담치고는 살벌하다?"

마티즈 태운다는 농담은 국정원에서 증거를 없애기 위해 누군가를 사고나 자살로 처리하는 방식에서 생겨난 말이다.

홍안수가 쫓겨난 후에 당연히 그 아래에서 일하던 국정원에 대해서도 대대적인 조사가 이루어졌다.

그 당시 어떤 사건과 관련되어 조사 대상이던 국정원 요원이 있었는데, 어느 날 그가 갑자기 자기 차도 아닌 렌트한 마티즈를 타고 자살한 채로 발견되었다.

상식적으로 국가 쿠데타 사건과 관련해서 국정원 요원이 자기 차도 아니고 렌트한 마티즈를 타고 자살했다는 것 자체가 말이 안 된다.

더군다나 국정원 요원이 자살이라는 심각한 문제에 사용한 차량이, 그것도 주인이 따로 있는 차량이 조사고 나발이고 사건 발생 나흘 만에 폐차 처리되었다.

상식적으로 경찰에서 조사 중인 차량은 내주지 않는데 그걸 굳이 내줬고, 그걸 렌트카 업체가 무작정 폐차한다는 것도 말이 안 된다.

결국 사람들은 이게 국정원 내부에서 흔적을 지우기 위해 고의로 죽인 거라고 생각했지만 국정원과 경찰은 그냥 자살로 처리하고 사건을 종료하고 말았다.

그 사건 이후에 한국에서 벌어지는 권력 관련 의문사에 대해 '마티즈 탄다.'라는 표현을 쓴다.

쉽게 말하면 러시아로 치면 홍차 선물이라고 보면 된다.

"걱정하지 마. 너를 건드리면 그날이 자기들 제삿날이 될 거라는 건 확실하게 알려 줄 테니까. 그리고 국정원 놈들은 머리가 좋아서 굳이 내가 말하지 않아도 알걸."

그나마 노형진의 말에 오광훈은 약간은 안심하는 눈치였
다.

농담이 아니라, 노형진이라면 한국을 부수어 버릴 수 있는
사람이니까.

물론 정말로 국가를 망하게 하는 것은 불가능하다.

하지만 경제적으로 대기업 몇 개만 박살 내면 대한민국이
라는 나라는 속절없이 무너질 수밖에 없는 구조다.

구조적으로 대기업들에 올인되어 있으니까.

"그래서 어떻게 범인을 찾으려고? 솔직히 내가 봐서는 답
안 보여. CCTV가 있겠냐, 증인이 있겠냐?"

"없겠지."

안기부쯤 되는 곳에서 그렇게 허술하게 일할 리도 없거니
와, 설사 있다고 해도 무려 30년 전 일이다. 당연히 누구도
기억하지 못한다.

더군다나 사건이 벌어진 동네 역시 이미 사라진 지 오래.

30년 전 원형을 유지하는 동네는 거의 없고, 설사 있다고
해도 현지 주민은 대부분 이사 등의 사유로 바뀌었을 수밖에
없으니까.

"그런데 어떻게 범인을 찾으려고?"

"일단은 미국부터 시작하려고."

"미국?"

"정보 집단이라는 놈들은 말이지, 실수를 용납 못 해. 이건 직업병 같은 건데……."

정보가 새어 나가면 목숨이 왔다 갔다 하는 곳의 특성상, 어떻게 해서든 자신들이 상황을 컨트롤하려고 하는 것이 정보 집단이다.

그건 한국뿐만 아니라 전 세계 모든 정보 집단이 다 동일한 성향을 보인다.

"불법 고아원에 주선 씨를 보낸 거야 그렇다고 쳐도, 거기에 오래 두려 하지는 않았을 거야. 애초에 주선 씨를 거기로 보낸 이유가 뭐겠어?"

5개월이라는 짧은 기간 동안만 고아원에 있다가 바로 미국으로 입양되었다.

"금태양이 불법적인 미국 입양을 진행하는 놈이라는 걸 알았던 거야."

"그래서?"

"하지만 그게 언제 이루어질지 모르니까 서둘렀을걸. 사실 아이들이 사라지면 부모님들이 할 수 있는 일은 뻔하거든."

주변을 아무리 찾아도 없으면 가까운 고아원부터 뒤지는 게 아이들을 찾는 과정이었다.

다만 돈 없는 사람들이야 직접 뛰어다녀야 했을 테지만, 그 당시에도 박호산은 돈이 있는 이였다.

사람을 고용해서 전국의 고아원을 뒤지기 시작하면 1년

이내에 한국에 있는 모든 고아원을 싹 다 뒤지는 것도 불가능하지 않았다.

"아니, 6개월도 안 걸렸을 거야. 그 당시에 고아원이 많았던 것도 아니니까."

"그런가?"

"그래. 그리고 처음에는 등록된 고아원을 뒤지다가 점점 등록되지 않은 고아원을 뒤지는 형태로 갔겠지."

등록된 고아원은 찾는 게 쉽지만, 그렇지 않은 경우 소문에 의지해야 하기 때문에 시간이 좀 더 걸릴 수밖에 없다.

그리고 현실적으로 아이들을 발견하면 경찰서에 데려다주고, 그 후에 경찰이 등록된 고아원에 데려다주는 게 일반적이니까.

"그걸 막고 싶었던 것 같아. 차마 죽이지는 못한 모양이지만."

죽이지 못한 건지 죽이지 않은 건지 알 수는 없지만, 확실한 건 그런 식으로 복수하고 있었다는 거다.

그러니까 어떻게 해서든 주선을 해외로 보내 버릴 계획이었을 거다.

"확신해?"

"90%쯤. 더 안 좋은 위치에 더 열악한 고아원이 넘쳐 났어. 진짜 학교도 못 갈 정도의 두메산골에 위치한 곳도 있었고."

만일 아이를 당분간 못 찾게 할 생각만 있었다면 그런 곳

일수록 아이를 찾는 데 시간이 더 오래 걸릴 것이다.

"그리고 분당은 의외로 서울과 가까워. 왜 분당이 1기 신도시가 됐겠어?"

서울과 가까워서 서울의 인구를 포용할 수 있고 노동자들이 서울로 다니기 쉽기 때문이다.

그 말은 아이들을 찾기 시작하면 가장 먼저 뒤지는 장소가 될 가능성이 크다는 소리다.

"그런데 왜 굳이 가까운 분당에 버려뒀겠어?"

"어? 듣고 보니 그러네."

운이 좋다면 몇 달 안에 아이를 찾을 수 있었을 거다.

"불법적인 고아원 중에서 아이들을 미국으로 입양 보내는 곳은 거의 없지."

그리고 그게 언제 진행될지는 아무도 모른다.

"하지만 그 시기에 맞춰 반대쪽에 손을 썼다면 어떨까?"

"반대쪽?"

"이거 봐. 주선 씨가 준 가족사진이야."

노형진은 주선이 건네준 사진을 보여 주며 말했다.

사실 주선은 미국의 가족에게 그다지 애정이 없었다.

그럴 만한 게, 주선의 미국 가족은 보조금을 받아 내기 위해 그녀를 입양한 거라고 생각하고 있으니까.

"흑인이네."

"그래, 흑인이지."

"이게 이상한가? 어차피 미국 입양이면 보통 인종이 다르잖아."

"맞아. 인종이 다르지. 그게 일반적이기는 해. 하지만 확률적으로 본다면 백인 가정에서 동양인 아이를 입양하는 경우가 더 많지, 흑인 가정에서 동양인 아이를 입양하는 경우는 드물거든."

물론 흑인 가정에서 해외 입양을 하지 않는다는 소리는 아니다.

하지만 워낙 피부색이 이질적이다 보니 흑인 가정에서는 흑인 국가들로부터 입양하는 것을 선호한다.

"그리고 동양인 아이를 입양한 흑인 가정은 보통 집안이 유복한 경우가 많아."

그런데 이야기를 들어 보면 주선을 입양한 부모님은 딱히 잘살지는 못한다고 했다.

하긴, 잘사는 집이라면 보조금 타 먹으려고 아이를 입양할 리가 없다.

"그래서 말인데, 일단은 그쪽을 찔러볼까 생각 중이야."

"일단은?"

"그래. 주선 씨한테는 비밀이지만."

"너는 안기부가 거기에서도 수작질을 부렸을 거라고 생각하는 거구나?"

"정보 집단이란 그런 곳이니까."

모든 것을 통제하려고 하는 집단. 그리고…….

"결과까지 전부 통제하려고 하는 곳이지."

그러나 당장 노형진이 미국에 갈 수는 없었다.

코뎔09바이러스로 인해 현실적으로 격리가 시작된 시점에서 해외로 움직인다는 건 너무 많은 시간을 버려야 한다는 뜻이니까.

하지만 미국에는 드림 로펌이 있다.

하이드 맥퀸은 노형진의 부탁대로 주선의 양부모를 찾아갔다.

이미 그 두 사람에 대한 조사는 끝난 상황.

두 사람은 오래전부터 슬럼가에서 살았고, 거기서 만나서 거기서 결혼한 사이였다.

딱히 입양에 관심을 보일 이유는 없는 사람들 같았다.

불임도 아니었고 자녀가 사고로 죽은 것도 아니었으니까.

그들에게는 총 세 명의 자녀가 있는데, 그중 하나가 바로 주선이었다. 나머지 두 명은 직접 낳은 자식들이었고 말이다.

"그래서, 안젤라가 한국에서 부모를 찾았다고요?"

"그렇습니다."

하이드 맥퀸의 말에 그들은 살짝 당황했지만 이어지는 말을 듣고는 눈에 탐욕이 서렸다.

"제법 잘사는 집이더군요. 준재벌가라고 할 만큼."

"준재벌가요?"

"오, 그러면 우리한테 은혜라도 갚는답니까?"

"암, 갚아야지! 우리가 안젤라를 먹이고 재우느라 들인 돈
이 얼만데."

'웃기고 있네.'

진실을 알고 있는 하이드 맥핀은 그들의 말에 속으로 비웃
음을 날렸다.

그들은 주선을 차별하고 학대했다.

주선은 밥을 먹는 날보다 굶는 날이 많았고, 학교도 못 갈
정도로 두들겨 맞은 날도 있었다.

진짜 자식 두 명과 주선의 대우는 상당히 극단적으로 달랐
다고 한다. 주선을 방에 가두어 두고 자기들끼리 밥을 먹는
것은 지극히 흔한 일일 정도로.

주선이 한국에 올 수 있었던 것도 남자 친구가 돈을 내줘
서 가능했던 거지, 그들이 도와줬기 때문이 아니었다.

그런데 은혜라니.

"돈이 많으면 좋겠는데."

뻔뻔한 말을 하는 그들에게 하이드 맥핀은 진실을 이야기
해 줬다.

"그런데 이상하더군요."

"뭐가요?"

"안젤라 양의 사건을 보니, 이건 아무리 봐도 입양이 아니라 인신매매던데?"

인신매매라는 말이 나오기 무섭게 지금까지 은혜를 갚아야 한다, 키워 준 보상을 해 줘야 한다고 떠들던 두 사람이 갑자기 입을 다물었다.

그리고 갈수록 얼굴이 점점 창백해졌다.

흑인 부부임에도 불구하고 티가 날 정도로.

"조사 중이기는 하지만 안젤라 양은 누군가에 의해 납치된 후 미국까지 팔려 온 것이더군요."

"누…… 누가 그런 말을……."

"글쎄요. 누굴까요?"

하이드 맥퀸은 이제 안절부절못하는 두 사람을 바라보면서 차갑게 말했다.

"두 분은 아실 것 같은데요."

"저희는 그냥 안젤라를 사랑으로 키운 것 말고는……."

"그래요? 하지만 저희에게 잡힌 사람은 다른 이야기를 하던데요."

"뭐라고요?"

"돈을 받고 주선, 아니 안젤라 씨를 입양하기로 결정했다고 하던데?"

"누가 그런 말을 합니까!"

남자는 화를 버럭 냈지만 부자연스럽기 그지없는 모습이었다. 그리고 하이드 맥핀은 이미 그들의 행동을 보면서 대충 진실을 알아차리고 있었다.

"누가 그런 말을 하느냐고요? 뭐, 정부 요원이었다는 자가 그러더군요. 당신들에게 돈을 주고 해당 아동을 입양하도록 선택하도록 했다고."

"아니…… 즈, 증거 있어요?"

"증거가 없다면 제가 여기서 이런 말을 하고 있을 리가 없지요. 아이를 납치해서 키우다니, 제정신입니까?"

사실 증거 같은 건 없다.

하지만 몰아붙이면 사람은 실수하기 마련이다. 특히나 이런 심리적 압박감을 느껴 본 적이 없는 사람은 말이다.

물론 이 두 사람이 슬럼가에서 태어나 살아왔지만 경찰서를 들락날락한 것은 아니었다.

당연하게도 강한 압박이 들어오자 정신을 못 차렸다.

"더군다나 말입니다, 그 아버지라는 분께서 CIA와 밀접하게 관련된 사람이거든요. 보아하니 외부의 부탁을 받으신 모양인데, 잘못 건드리셨습니다."

"홀리 쉣!"

CIA라는 말이 나오자 남자는 저도 모르게 욕을 내뱉었다.

한국에서는 국정원이 두려움의 대상이라면 미국은 FBI나 CIA가 두려움의 대상이다.

"그분이라면 어떤 식으로든 보복하실 겁니다. 물론 합법의 영역이 아닌 곳에서도 가능하죠."

하이드 맥핀은 자리에서 일어나며 덧붙여 말했다.

"슬럼가는 하루에도 몇 번씩 살인 사건이 벌어지는 동네죠. 안타깝네요."

협상도 아니고, 그냥 통지하고 일어나는 하이드 맥핀.

그런 하이드 맥핀의 말에 두 사람은 다급하게 매달렸다.

"잠깐, 오해라고요! 오해! 우리는 사랑으로……!"

"네, 그리고 당신들 덕분에 친부모가 자식을 잃어버렸지요. 아, 그거 아세요? 안젤라 양은 친부모의 '외동딸'이었답니다. 그 귀한 딸을 30년간 잃어버린 거죠. 두 분의 분노가 하늘을 찌르더군요."

하이드 맥핀은 진지하게 말했다.

"안타깝습니다."

그 말을 끝으로 나가려고 하자 여자가 다급하게 그에게 매달렸다.

"잠깐만요! 우리는 잘못한 게 없어요! 우리는 시키는 대로 한 것뿐이에요!"

"여보!"

"이러다 우리 죽어! 모르겠어?"

농담이 아니다.

미국에서는 단돈 몇백 달러면 총을 구할 수 있고, 또 몇백 달러면 그들을 죽여 줄 사람도 구할 수 있다.

이 동네에서 평균 하루에 두 명이 죽어 나간다.

하지만 진짜 범인 검거율은 채 20%가 안 된다.

슬럼가란 그런 곳이다.

"우리는 진짜 잘못이 없어요! 아이를 입양하면 돈을 준다고 해서 그 말대로 한 것뿐이에요!"

"마, 맞습니다! 그냥…… 입양한 거라고요! 안젤라가 납치된 아이라거나 그런 건 전혀 몰랐단 말입니다!"

다급하게 매달리는 두 사람.

하이드 맥핀은 그런 그들을 보다가 몸을 돌려 마주했다.

"지금부터 진실을 이야기해 주세요. 그러면 저희가 최대한 좋게 이야기해 드리지요."

그렇게 말하면서 다시 자리에 앉는 하이드 맥핀.

채찍질이 충분하다고 생각했기에 그는 두 사람에게 슬쩍 당근을 던졌다.

"혹시 압니까, 진짜로 안젤라 양이 두 사람 덕분에 산 거라면 돈을 얼마라도 줄지?"

그 말에 고개를 끄덕거린 두 사람은 열심히 입을 놀렸다.

⚖

"그러니까, 어떤 남자가 10만 달러를 줄 테니까 아이를 입양하라고 했다고?"

"그래, 미국에서 전해 온 이야기는 그래."

"고작 10만 달러를 받고 아이를 입양한다고?"

"고작이 아니야. 무려 30년 전 이야기라고."

그 당시에 10만 달러라면 절대 무시할 수 없는 돈이다.

30년 전 10만 달러의 값어치는 집 한 채였다.

"30년 전 한국의 평균 수익이 얼만지 알아? 1만 달러야."

하지만 그건 어디까지나 평균 수익이다.

이게 무슨 소리냐면, 1만 달러라는 건 국내총생산을 인구로 나눴다는 소리다.

지금도 대한민국의 수익이 3만 달러라고 이야기하지만 진짜로 그렇게 버는 사람이 얼마나 되는가?

애석하게도 절반도 안 된다.

"그러니까 절대 적은 돈이 아니라는 거지."

아마도 그 돈을 노리고 입양하고, 자연스레 방임 및 학대로 넘어갔을 것이다.

"그래서 그걸 부탁한 놈이 누구라고?"

"자기들도 모른대. 그냥 자신을 스티브라고 소개한 동양인 남성이라고 했어."

스티브라는 흔해 빠진 이름. 그리고 10만 달러라는 돈.

더군다나 양복 입은 동양인이라는 점.

30년 전 미국의 상황을 생각하면 그런 사람이 많을 수가 없다.

"안 봐도 뻔하지. 아마도 그 당시에 미국에 파견되었던 안기부 요원일 거야."

그가 그런 식으로 장난쳤을 테고 그걸 두 사람은 몰랐을 것이다.

아마도 10만 달러라는 돈에 눈이 먼 상태였을 테니까.

심지어 그자가 처음부터 끝까지 모든 것을 처리했고, 부부는 아이의 사진조차 보지 못했으며, 아이를 처음 본 것도 집에 도착한 후라고 했다.

"얼씨구? 그게 가능해?"

"가능하지. 대리인으로서 일이 진행되니까. 더군다나 그 당시에 미국에서 입양해 주던 단체도 멀쩡한 단체는 아니었고."

노형진은 고개를 절레절레 흔들었다.

"그런데 그런 놈이라면 어떻게 잡아야 하지? 솔직히 답이 안 보이는데. 그 당시에 미국에 있던 요원이 누군지 알 수도 없잖아."

"그렇지."

물론 화이트 요원이야 알아내려고 한다면 어찌어찌 알아낼 수 있을 것이다.

하지만 그 남자가 블랙 요원이라면 이야기가 달라진다.

블랙 요원은 존재하지 않는 사람들이다. 존재하지 않는 사람들이 한 짓을 확인할 수는 없다.

"30년 전 계좌를 추적하는 것도 힘들지 싶은데?"

"아니야. 이 정도면 충분해."

"충분하다고?"

"그래. 30년이야. 그리고 그 사건에 동원된 단체가 다른 곳도 아닌 국정원이야. 거기다 무려 10만 달러라는 돈이 쓰였지. 그 당시 한국에, 10만 달러라는 돈을 국정원에서 쓰게 할 정도의 정치인이 누가 있겠어?"

보복하기 위해 자기 돈 10만 달러를 쓸까? 그럴 리가 없다.

애초에 이 보복의 이유도 더는 돈을 벌지 못하게 되었기 때문이다. 박호산이 누구를 죽이거나 한 건 아니니까.

그런 인간이 자기 돈 10만 달러를 써서 뭔 짓을 한다? 그럴 리가 없다.

"결국 국정원 내부에서 10만 달러를 썼을 거야. 국정원…… 아니지, 그 당시에는 안기부지. 하여간 그 정도 비밀 자금은 있을 테니까."

하지만 그런 돈이 있다는 것과 그걸 쓰게 하는 것은 전혀 다른 문제다.

"애초에 내가 양부모에게 접근한 이유도 그걸 확인하기 위해서였고."

"흠…… 그러면 너는 그 사람이 누구라고 생각하는데?"

오광훈의 말에 노형진은 턱을 문질렀다. 그리고 간단하게 말했다.

"규상민 총리."

"규상민 총리?"

"그래, 그 당시에 총리였던 인간이야."

국회의원?

물론 그들도 두둑하게 주머니를 채울 수 있었을 것이다. 특히 국방위 소속이라면 당연히 일본에서 돈을 주었을 테고.

"하지만 원인과 결과라는 걸 확인해야 한다는 거지."

돈을 받을 수야 있겠지만 보복하는 것은 전혀 다른 문제.

국회의원으로서 그리고 국방위로서 돈을 받을 수는 있겠지만, 보복하기는 힘들다.

일단 국회의원이라는 특성상 언제 자리의 주인이 바뀔지 모른다.

"그런데 그래도 안기부는 특정 정당에 충성했다면서?"

"특정 정당에 충성하는 거지, 특정 정치인에게 충성하지는 않는다고. 그건 달라. 애초에 국회의원은 안기부에 약점이 잡힌 존재라고. 정치인들이 왜 검찰 개혁을 못 하고 수십 년 동안 검사들을 상전으로 모시고 살았는지 잊었어?"

"아, 그랬지."

정치인들 대부분의 약점을 쥐고 있기에 검찰은 수십 년 동안 정치인들 위에 군림할 수 있었다.

노형진이야 죄를 뒤집어씌우는 게 어렵진 않지만 그 순간

부터 검사들의 목숨이 위험해질 뿐만 아니라 가족들까지 자살할 때까지 몰아붙여질 거라는 걸 알다 보니 도무지 손대지 못한 것.

"검찰도 그 지랄인데 안기부가 참 착하게도 살겠다."

당연히 거의 모든 정치인들의 약점을 쥐고 도청과 감청을 했을 것이다.

지금 국정원도 그 짓거리를 하다가 걸려서 난리가 났는데 과연 30년 전 안기부가 안 그랬을까?

"군인은? 장군들이 저질렀을 수도 있잖아."

"군대가 안기부와 사이가 좋지 않은 게 어디 하루 이틀 문제냐? 철천지원수나 마찬가지라고. 일개 장군이 이런 짓거리를 하면 국정원이 가만두겠냐?"

국회의원도 감시하던 안기부가 과연 장군이라고 놔뒀을까?

"그 당시는 독재 정권의 영향이 강하던 시기야. 당연히 정권에는 쿠데타가 가장 두려운 것이었고."

대한민국은 쿠데타로 두 번이나 나라가 뒤집어졌던 경험이 있다.

정권을 잡은 사람들에게 가장 위협적인 건 북한이 아니라 군 내부의 쿠데타였다.

"군 내부 감시를 누구한테 맡기겠냐?"

"하긴, 그렇겠네."

그 감시는 자연스럽게 국정원이 담당했고, 조금이라도 이상한 행동을 하면 국정원이 꼬투리 잡아서 장군의 모가지를 날려 버렸다.

"그러다 보니 두 집단은 철천지원수가 됐지. 그런데 장군 개인의 복수를 위해 국정원이 10만 달러를 쓴다고? 그럴 리가."

미치지 않고서야 그럴 이유가 없다.

더군다나 장군은 교체가 거의 안 되는 보직이다.

즉, 일본에서 뇌물 좀 못 받게 된다 해도 크게 상관없는 자리라는 소리다.

장교가 국가 재산을 빼돌리는 게 너무나 당연한 취급을 받는 한국에서, 장군 자리만 가지고 있으면 매년 수십억을 해처먹을 수 있는데 고작 일본이라는 업체 하나 날려 버렸다고 그 이익을 포기할까?

"당연히 군대는 아니지. 군대도, 국회의원도 아니라고 하면 누구겠어?"

필연적으로 행정부 사람일 수밖에 없다.

그런데 그 자존심 강한 안기부다. 그 당시 안기부는 말 그대로 무소불위의 권력을 휘두르고 있었다.

사람을 끌고 가서 고문하는 걸 당당하게 할 수 있는 집단.

그런 집단을 컨트롤할 수 있는 직급이어야 한다는 거다.

"더군다나 말이야, 그 보복으로 인해 안기부가 얻을 이득은 전혀 없다고."

그런 수작질을 했을 때 안기부에 이득이 있다면 내부에서 공작했다고 했을 수도 있지만, 안기부는 군 내부의 무기 사용에 관해서는 아무런 권한이 없다.

그런 곳에 과연 일본에서 돈을 줄까?

그럴 리가 없다.

"안기부를 직접적으로 통제하고 무려 10만 달러라는 돈을 쓰게 할 수 있는 사람. 그리고 국방부와 군사 비리에 직접적으로 손이 닿는 사람. 그런 사람이 얼마나 될 것 같아?"

노형진의 말에 오광훈은 곰곰이 생각에 빠졌다.

"그리고 규상민은 총리에서 물러난 후에 감옥에 갔어. 기억나?"

"모르지. 잠깐만."

오광훈은 인터넷에서 이름을 검색해 그에 대해 확인했다.

규상민. 그 당시에 젊은 총리라는 타이틀로 인기를 얻는 데 성공했지만 결국 나중에 감옥에 가고 말았다.

그 당시 죄목이 가관이었다.

"군납 비리?"

"그래. 규상민의 집안 자체가 군대와 아주 밀접해. 아버지가 삼성 장군 출신이기도 하고."

당연히 중간에서 엄청나게 해 먹었을 거다.

단순히 규상민 혼자가 아니라 집안 전체가 말이다.

"그런데 갑자기 모든 게 날아간 거지."

자기네 파벌이 모조리 사라지고, 그 후에 자연스럽게 새롭게 들어온 것이 바로 박호산.

박호산이라는 존재만 없었다면 규상민은 어찌 되었건 돈을 얼마든지 받아먹을 수 있었을 거다.

"정권이 바뀌었다면서? 그러면 솔직히 바뀌는 게 정상 아니야? 뭐, 이야기를 들어 보니까 딱히 일본에서 독점 생산하는 것도 아니었다면서?"

"그건 그래. 사실 정권이 바뀐 이상 공급선이 바뀌는 건 거의 확정적이었지."

해당 제품을 공급하는 것은 일본과 미국 그리고 독일이다.

그런데 일본은 엄청나게 바가지를 뒤집어씌워서, 미국이나 독일로 수입처를 바꾼다 해도 딱히 문제 될 건 없었다.

"하지만 원래 인간이라는 존재는 만만한 인간한테만 시비를 걸거든. 당장 대만만 봐도 그렇잖아."

"그건 그렇지."

한때 대만은 민주 세계에서 지금의 중국 자리를 차지하고 있었다.

유엔에 들어가 있었고, 수많은 나라들과 왕래했다.

하지만 중국이 성장하면서 하나 된 중국을 외치며 대만과의 손절을 요구했다.

마침내 전 세계가 대만과 연을 끊어 버리고 중국과 손잡았을 때 똥줄이 탄 대만은 격렬히 저항했지만, 이미 수십억이라는 인구를 가진 중국에 대항할 방법이 없었다.

"그런데 말이야, 결국 최후까지 버틴 나라가 어딘지 알아? 한국이야."

전 세계에서 최후까지 대만을 국가로 인정하고 지원하고 외교 관계를 가지고 간 나라가 다름 아닌 한국이다.

그러나 결국 세계적인 흐름에 저항하지 못하고 중국과 손 잡을 수밖에 없었다.

"그래서 대만은 전 세계에서 반한 감정이 가장 강한 나라 중 하나지. 거의 중국 수준일걸."

대만인들은 한국이 중국에 굴복해서 자신들을 배신했다고 생각한다. 최후까지 손잡고 도움을 줬다는 건 기억하지 못하는 것이다.

"결국 인간이란 그런 거지."

어찌 되었건 자기 마음에 안 드는 만만한 놈 하나 특정해서 조지겠다는 거다.

"규상민도 비슷한 감정이 아닐까 싶어."

자신들이 거길 통해 두둑하게 주머니를 채웠지만, 결국 정권이 바뀌면서 그들의 주머니는 다른 정치인들의 주머니로 바뀔 수밖에 없었다.

미국이나 독일이었다면 그래도 어쩔 수 없다고 생각하겠는데, 갑자기 나타난 박호산이 국산화를 해 버리면서 주머니가 아예 사라져 버렸다.

정부 입장에서는 때마침 정권이 바뀐 상황이고, 그러다 보니 적당한 국뽕이 필요한 시점이라 국산을 사용하자는 이야기가 나왔을 테고 말이다.

박호산 입장에서는 시기가 적절했던 것뿐이다.

"하지만 규상민은 아닌 거지."

그는 '감히 작은 기업이 내 주머니를 털어먹어?'라고 생각했을 가능성이 아주 크다.

그리고 그 보복을 할 가능성도.

"총리나 돼서 그런다고?"

"우리나라 정치인들 중에서 멀쩡한 인간이 얼마나 되냐? 손에 꼽힐 정도 아니냐?"

"끄응……."

수틀린다고 사람을 죽여 버리는 게 한국 정치인이다.

"더군다나 규상민은 그 당시에 스트레스가 엄청 심했을 거야."

정권이 바뀌고 자신에 대한 조사가 시작된 시점.

정권이 바뀌고 정치 보복이 들어오는 게 확정적인 상황에서 규상민이 정상적인 판단을 하기는 힘들었을 가능성이 크다.

실제로 많은 정치인들이 위기가 닥치면 나름 정치적 결단을 내리지만, 다른 사람들이 봤을 때는 저게 뭔 미친 짓인가 싶은 결정인 경우가 생각보다 많다.

"그래서 보복했을 거라고?"

"뭐, 그럴 가능성이 크다고 생각해."

"너무 억측 아니야?"

"그럴 수도 있는데, 아무리 생각해도 그자를 빼고 나면 안기부를 움직일 정도의 사람이 없어. 대통령? 글쎄. 과연 대통령이 고작 그것 때문에 움직였을까?"

물론 그 당시 대통령이 사람 목숨을 파리 목숨으로 여겼다는 소문이 있었던 것은 사실이지만 그렇다고 해서 상식에서 벗어난 정도는 아니었다.

더군다나 고작 수입하던 부품 하나를 국산화해 낸 기업 하나가 대통령에게 줄 수 있는 피해가 얼마나 될까?

그 당시 대통령들의 상황을 생각해 보면 그 돈은 터무니없이 적을 게 뻔하다.

"흠…… 이해는 가는데……."

안기부를 썼다는 점을 감안하면 확실히 노형진의 말이 맞다.

"하지만 말이야, 솔직히 이제 와서 무슨 소용이 있겠나 싶은데."

약간은 걱정스러운 말을 하는 오광훈.

그럴 수밖에 없는 게, 정말 규상민이 그 일을 저질렀다 하더라도 현실적으로 그가 처벌받을 가능성은 없기 때문이다.

"규상민의 상태는 알지?"

"알지."

규상민은 이미 나이가 여든이 넘었다.

그리고 자세하게 알려지지는 않았지만 소문에 따르면 치매가 심하게 와서 제대로 사람도 기억 못하고 집 안에 묶여 있다시피 한다고 한다.

"진짜 규상민이 저지른 짓이라고 해도, 현실적으로 처벌할 수는 없다고."

일단 지금 치매여서 제대로 움직이지도 못하는 사람을 감옥에 넣을 인간은 없으니까.

"알아. 그런데 말이야, 때로는 진실이 더 필요한 법이야."

"진실이 필요한 법이라고?"

"규상민이 범인이라고 해도 그를 처벌할 수는 없겠지. 하지만 사람들에게 진실을 알릴 수는 없다는 둥 과거는 과거로 묻어 둔다는 둥, 난 그런 말에 반대해."

물론 모든 일을 다 파고들 수는 없다.

하지만 과거는 과거로 묻어야 하는 일이 따로 있고, 시간이 얼마나 지나든 파고들어서 진실을 알려야 하는 일이 따로 있다.

"너도 알잖아. 과거는 과거로 묻어 둬야 한다는 말이 나오는 순간 사법 질서는 완전히 무시될 수밖에 없어."

특히나 권력을 가진 사람들에게는 거의 면죄부로 이용될 것이다.

권력을 가지고 사람들을 착취하던 자들이 나중에 그렇게

벗어날 테니까.

"진실 그 자체가 필요할 때가 있는 법이야."

"뭐, 알겠는데……."

오광훈은 머리를 긁적거렸다.

"쉬울지는 모르겠다."

"일단 찾아봐야지."

노형진은 씩 웃으며 말했다.

하지만 오광훈은 영 확신이 없는 표정이었다.

"하지만 치매에 걸려서 자기 자식도 못 알아보는 규상민이 과연 이 사건을 기억할까?"

"굳이 규상민이 기억해야 할 필요가 있을까?"

"응? 그게 뭔 소리야?"

"이제 벌집을 쑤셔 볼 시간이라는 거야."

⚖

규상민.

과거 총리로서 한국에서 무소불위의 권력을 휘둘렀던 사람이다.

하지만 이제는 완전히 망가져 버렸다.

"흠……."

오광훈은 규상민을 보면서 눈을 찌푸렸다.

앙상하게 마른 몸뚱어리. 그리고 머리카락이 거의 빠져 휑한 머리.

이빨조차도 제대로 남아 있지 않은 그는 비참하게 침대에 손과 발이 꽁꽁 묶인 채로 죽음을 기다리고 있었다.

"그러니까 뭔 부귀영화를 누리겠다고 그 짓거리를 하고 다닌 건지."

규상민은 무려 5년이라는 시간을 감옥에서 살았다.

정치권에 있던 사람은 한 1년이나 2년쯤 지나서 특사로 풀어 주는 것이 일반적인 관례인데, 규상민은 무려 5년이라는 시간을 살았다.

그나마 자기 정당 소속의 사람이 다다음 대통령이 되면서 광복절 특사로 나왔을 정도였다.

그만큼 그가 해 처먹은 돈이 과하다 싶을 정도로 많았다는 뜻이다.

"내 아버지는 왜 찾아온 건가?"

오광훈이 찾아오자 불편한 기색을 보이는 남자.

규상민의 장남이다. 현 자유신민당 소속의 국회의원인 규도강 의원.

다짜고짜 오광훈이 규상민을 찾아온 게 왠지 기분 나쁘다는 투였다.

"아, 별거 아닙니다. 이번에 새로운 진술이 나와서요."

"새로운 진술?"

"규상민 전 총리님께서 아동 납치 인신매매에 관련되어 있다는 보고가 있었습니다."

"허? 자네 미쳤나? 지금 내 아버지를 욕보이는 건가?"

오광훈의 말에 규도강의 얼굴이 붉으락푸르락 변하기 시작했다.

다른 사람도 아니고 한 나라를 다스렸던 총리다.

그런 총리가 아동 인신매매라니?

"뭐, 일단 제보가 들어온 이상 확인은 해야 합니다."

"헛소리하지 마! 우리 아버지가 어떤 분인 줄 알고!"

"알죠. 한국의 총리였고 5년간 감옥에 갔다 온 범죄자이기도 하죠."

"너 이 새끼! 너 뭐야! 어디 부부장검사 따위가⋯⋯!"

규도강은 분노로 꼭지가 열렸다.

지방 검사장도 자기 앞에서는 고개를 팍팍 숙이면서 살려 달라고 비는데 고작 부부장검사가 집에 와서 헛소리를 하고 있었다.

"제 명함은 이미 제공했습니다만."

"오냐⋯⋯ 너 그렇게 나온다 이거지? 너 이 새끼, 내가 너 무슨 수를 써서라도 옷 벗긴다! 아니, 옷만 벗길 줄 알아, 이 새끼야! 어? 너 이 새끼, 내가 어떻게 해서든 죽여 버릴 거야!"

그 말에 오광훈이 눈을 찡그렸다.

"저기요, 국회의원이나 되는 분이 그런 말씀을 하시면 저는 진짜 위협을 느낄 수밖에 없습니다만?"

"허? 지금 내가 농담하는 것 같아? 어? 농담하는 줄 아느냐고! 내가 너 이 새끼 죽여 버릴 거야!"

규도강은 눈깔이 돌아가서 전화기를 들고 바로 전화를 걸었다.

"박 검사장, 지금 당신네 검찰청 부부장검사라는 새끼가 와서 우리 아버지에 대해 조사한다는데, 애새끼 교육을 어떻게 시키는 거야? 어? 어떻게 감히 대가리에 피도 안 마른 새끼가 우리 집을 더럽힐 수 있느냐고!"

고래고래 소리를 지르는 규도강.

오광훈은 흥분하는 규도강을 보며 머리를 긁적거렸다.

'이건 뭐 바보도 아니고.'

너무 예상대로 움직여 주니까 어이가 없을 정도다.

오광훈이 곤란한 듯 웃자 규도강은 그게 비웃는 거라고 생각한 건지 얼굴이 더더욱 시뻘게졌다.

"너, 내가 어떻게 해서든 죽인다. 알았냐?"

"농담 아니신 거죠?"

"농담? 농담? 내가 지금 농담하는 걸로 보여!"

"아, 그러면 지금 전화하시는 분이 저희 박수참 검사장님이신가요?"

"그래, 이 새끼야! 박 검사장! 당장 이 새끼 옷 벗겨!"

핸드폰에 대고 소리를 빽 지르는 규도강.

그리고 식식거리면서 전화를 끊자, 곧바로 오광훈의 전화기가 울리기 시작했다.

　-야, 오광훈! 너 미쳤어?

　"오, 검사장님. 안 그래도 지금 피의자의 가족이 저를 협박하고 있었는데요."

　-피의자? 협박? 이 새끼야! 너 지금 감히 규 의원님 댁에 가서 뭔 짓이야!

　"아니, 고발이 들어왔으니까 당연히 확인차……."

　-확인이고 나발이고 당장 와서 사표 써, 이 새끼야!

　"그건 곤란합니다, 검사장님."

　-너 지금 새론에서 밀어준다고 세상 무서운 줄 모르는 모양인데, 그분이 누군지 알아! 규도강이라고, 규도강! 자유신민당 국회의원!

　"압니다만?"

　-아는데 지금 그딴 짓을 하고도 네가 살 거라고 생각하는 거야?

　"안 그래도 말입니다, 지금 제가 협박을 당해 위협을 느껴서, 정식으로 협박으로 고소하려고요."

　-너 미쳤어?

　"아니요. 규정대로 하는 중입니다만."

　-하, 미쳤구나. 너 당장 들어와. 너는 들어오자마자 모가지야, 이 새끼야!

흥분하는 검사장의 말에 오광훈이 피식 웃었다.

그럴 수밖에 없었다. 만일 기존에 있던 사람이라면 이런 병신 같은 짓을 하지는 않았을 테니까.

하지만 불행히도 그는 검사장이 된 지 얼마 되지 않은 사람이라 오광훈에 대해 잘 몰랐다.

"아…… 검사님께서 검사장이 된 지 얼마 안 돼서 모르시는 모양인데 말이죠. 저는 저한테 청탁을 걸어오는 인간들을 조사해서 감방에 처넣는 타입이거든요."

실제로 몇몇 국회의원들이 청탁을 위해 전화했다가 신상이 털렸고, 그 결과 몇몇 국회의원의 보좌관들이 감옥에 가는 것으로 사건이 끝난 적이 있었다.

그래서 기존 사람들은 멍청하게 오광훈에게 청탁이나 위협 전화를 하지 않았다.

-뭐?

"저에 대해 잘 알아보셨어야지요. 이거 다 녹음 중이고요. 고대로 경찰에 넘기겠습니다. 아, 맞다. 그리고 경찰뿐만 아니라 공수처에도 넘길 테니까 그렇게 알고 계시면 됩니다."

-자, 잠깐…… 오 검사! 오 검사!

뭔가 일이 틀어졌다는 사실을 눈치챈 박수참 검사장이 애절하게 불렀지만 오광훈은 당당했다.

"지금 여기에서 이루어진 모든 대화가 녹음 중이었습니다만, 상황이 변했네요."

오광훈은 어이가 없어서 얼굴이 시뻘게진 규도강을 보면
서 말했다.

얼마나 화가 난 건지, 규도강의 머리에서는 금방이라도 김
이 모락모락 올라올 것만 같았다.

"의원님을 검사에 대한 협박과 부정 청탁 혐의로 고발하겠
습니다."

"너, 이 개 같은 새끼가!"

"네, 방금 모욕죄가 같이 붙었습니다."

오광훈은 싱긋 웃으며 말했다.

"야, 도대체 왜 도발하라고 한 거야? 아니, 가 봐야 볼 것
도 없더구만. 찾아가서 멀쩡한데 쓰러진 것처럼 구는지 확인
하려는 것도 아니고."

"그럴 리가 없지. 그럴 이유도 없고."

형기도 마쳤고 이미 수십 년 전 사건이라 이제 감옥에 갈
일도 없다. 그런 상황에서 규상민이 굳이 주변을 속이면서
치매 노인 흉내를 낼 이유는 없다.

"하지만 그 대신에 규도강이 걸려들었지. 내 말 맞지? 네
가 간다고 하면 당장 규도강이 달려올 거라고 했잖아."

"아, 그건 그래. 오기는 왔지. 그리고 네가 말한 대로 개지

랄을 떨었고."

"그래, 그럴 거라고 했잖아. 그걸 내가 노린 거고."

"뭐? 왜?"

"아마 지금쯤 규도강은 자기네 당에 가서 온갖 개지랄을 떨 거야. 하지만 방법이 없지."

왜냐하면 검사에 대한 협박은 심각한 문제이기 때문이다.

물론 국회의원이라는 특성상 그것에 대해 처벌이 심각하게 이루어지기는 힘들 거다.

"하지만 너도 알다시피 법조인들에 대한 무차별적인 살인 사건이 벌어진 적이 있잖아. 다들 아직도 그걸 기억하고."

그때 노려진 건 단순히 법조인들뿐만이 아니라 그 가족까지 포함되었다.

성화의 살아남은 자들이 대한민국을 공포로 물들여서 지배하기 위해 벌인 수작질이었다.

"하긴, 그다음부터 공권력을 위협하는 상황에 대해 무척이나 극단적으로 대처하기는 하지."

그 당시만 해도 경찰이나 검찰에 대한 협박은 처벌이 아주 강하지는 않았다.

하지만 그 사건 이후로 벌어진 공권력에 대한 협박이나 위협은 모두 구속 수사를 원칙으로 하고 있다.

"그래서 너한테 가라고 한 거야. 이제 규도강을 방어하기 위해 당이 총력전에 나서야 하는 상황이 되어 버렸으니까."

오광훈은 이걸 공개적으로 고발하겠다고 했다.

실제로 사이가 좋지 않은 경찰 내부의 검찰 전담 부서와 공수처에도 보냈다.

경찰 내부 부서의 경우는 검찰에 대해서만 공소권이 있기 때문에 사이가 좋지 않은 검사를 날려 버리기 위해 혈안이 되어 있었고, 공수처 역시 애초에 권력자들의 경계가 목적인 곳이다.

"그런데 이런 상황에서 민주수호당이 가만히 있을까? 그럴 리가 없지."

민주수호당은 물어뜯을 수 있는 기회라고 생각해서 눈 뒤집고 달려들 게 뻔하다.

실제로 신임 검사장은 정신 못 차린 대가로 이미 탄핵이 확정적인 상황.

"그러니까 서로 개싸움을 하기 시작하면 우리한테 신경 쓰지 못하게 된다는 거지."

"아, 그런 거였어?"

"그래. 우리가 이 사건을 파고들면 100% 자유신민당에서는 그걸 막기 위해 온갖 수작질을 다 부릴 테니까."

그럴 수밖에 없다.

규상민이 속해 있던 정당은 그 당시에 이름이 달랐다지만 명백하게 자유신민당 계열이니까.

그 이후에 몇 번이나 당의 이름을 바꾸면서 승계해 왔으니 그 혈통이 어디 가지는 않는다.

"어린아이를 납치해서 팔아먹었다는 것은 어떤 식으로도 실드를 칠 수 있는 사건이 아니거든."

물론 무려 30년 전 사건이고, 현 정치인들이 꾸민 짓도 아니다.

지금 자유신민당에서 가장 나이가 많은 사람은 잘해 봐야 초선 정도고, 가장 어린 국회의원은 서른다섯 살로 그때는 한창 유치원에 다닐 나이니까.

국회의원이 권력의 핵심이기는 하지만 초선 의원이라면 권력을 누리기보다는 당 내부의 시다바리 노릇을 하기 바쁜 시기다.

"하지만 그래도 사람들에게는 심각한 문제지. 그리고 아무리 이름을 바꿨다지만 그 당시의 당과 같은 당이라는 걸 모를 정도로 사람들이 바보도 아니고."

노형진의 말에 오광훈은 고개를 끄덕거렸다.

"그리고 당 내부에서는 말이야, 이 문제를 어떻게 해결할 여건이 안 될 거야."

오광훈이 터트린 폭탄을 틀어막기 힘든 상황이니 당연히 다른 방법을 찾으려고 할 거다.

"그 방법이 뭐겠어?"

"어…… 글쎄?"

"국정원, 아니 안기부겠지."

노형진은 당연하다는 듯 말했다.

"안기부에서 그 당시에 일을 시켰던 요원이 지금은 과연 어떤 자리에 있을까?"

"그거야…… 아! 그렇겠네. 핵심 인원이겠군."

"맞아. 아이를 납치해서 팔아먹는 개인적인 복수를 해 줄 정도로 찌든 녀석들이야. 그 녀석들은 당에서 밀어줬겠지."

더군다나 이런 일선 작업은 나이 먹은 사람이 하지 않는다. 아마도 그 당시에 20대 중반~30대 초반의 인원이 그 업무를 했을 것이다.

"그래서 당에서 밀어줬다면, 지금 그 사람들이 국정원 내부에서 차지하고 있을 자리란 뻔하지 않을까?"

안기부에서 국정원으로 이름을 바꿨다지만 결국 그놈이 그놈들.

"하지만 자유신민당은 이번 사건과 관련이 없다면서? 애초에 모를 거라면서?"

노형진은 오광훈의 말에 고개를 끄덕거렸다.

물론 그걸 안다고 해서 당의 명예를 지키기 위해 신고하거나 공개하지는 않겠지만 그래도 비밀은 아는 사람이 적을수록 좋은 거다.

규상민이 한 짓이든 아니든, 결국 그걸 비밀로 할 건 확실하다.

"그리고 내가 말했지, 국정원이 바뀌지는 않았을 거라고?

자유신민당에서는 말하지 않겠지. 무슨 상황인지도 모를 테
고. 하지만 한 가지는 확실해."

노형진은 자신 있게 말했다.

"이미 국정원에서는 알걸, 후후후."

다음 권으로 이어집니다

One for all
원포올

일라잇 스포츠 장편소설

작렬하는 슛, 대지를 가르는 패스 한계를 모르는 도전이 시작된다!

축구 선수의 꿈을 품은 이강연
냉혹한 현실에 부딪혀 방황하던 중
운명과도 같은 소리가 귓가에 들어오는데……

당신의 재능을 발굴하겠습니다!
세계로 뻗어 나갈 최고의 축구 선수를 키우는
'One For All' 프로젝트에, 지금 바로 참가하세요!

단 한 번의 기회를 잡기 위해
피지컬 만렙, 넘치는 재능을 가진 경쟁자들과
최고의 자리를 두고 한판 승부를 벌인다!

실력만이 모든 것을 증명하는
거친 그라운드에서 당당히 살아남아라!

기갑천마

거짓이슬 퓨전 판타지 장편소설

종말을 막지 못한 절대자
복수의 기회를 얻다!

무림을 침략한 마수와의 운명을 건 쟁투
그 마지막 싸움에서 눈감은 무림의 천하제일인, 천휘
종말을 앞둔 중원이 아닌 새로운 세상에서 눈을 뜨는데……

"천휘든 단테든, 본좌는 본좌이니라."

이제는 백월신교의 마지막 교주가 아닌 평민 훈련병, 단테
그럼에도 오로지 마수의 숨통을 끊기 위해
절대자의 일 보를 다시금 내딛다!

에이스 기갑 파일럿 단테
마도 공학의 결정체, 나이트 프레임에 올라
마수들을 처단하고 세상을 구원하라!